A GRAMÁTICA DO
AMOR

Rocío Carmona

A GRAMÁTICA DO
AMOR

TRADUÇÃO DE
JANAÍNA SENNA

Título original
LA GRAMÁTICA DEL AMOR

Copyright do texto © 2011, Rocío Carmona
Copyright das ilustrações © 2011, Meritxell Ribas

Todos os direitos reservados.
Nenhuma parte desta obra pode ser reproduzida, ou transmitida por qualquer forma ou meio eletrônico ou mecânico, inclusive fotocópia, gravação ou sistema de armazenagem e recuperação de informação, sem a permissão escrita do editor.

Edição brasileira publicada mediante acordo com
Sandra Bruna Agencia Lteraria, SL
Todos os direitos reservados.

Direitos para a língua portuguesa reservados
com exclusividade para o Brasil à
EDITORA ROCCO LTDA.
Av. Presidente Wilson, 231 – 8º andar
20030-021 – Rio de Janeiro – RJ
Tel.: (21) 3525-2000 – Fax: (21) 3525-2001
rocco@rocco.com.br | www.rocco.com.br

Printed in Brazil/Impresso no Brasil

Preparação de originais
REBECA BOLITE

CIP-Brasil. Catalogação na fonte.
Sindicato Nacional dos Editores de Livros, RJ

Carmona, Rocìo
C285g   A gramática do amor / Rocìo Carmona; tradução de Janaína Senna. – Rio de Janeiro: Rocco Jovens Leitores, 2013.

Tradução de: La gramática del amor
ISBN 978-85-7980-158-7

1. Romance espanhol. I. Senna, Janaína, 1974-. II. Título.

13-1404   CDD – 863
                 CDU – 821.134.2-3

O texto deste livro obedece às normas do
Acordo Ortográfico da Língua Portuguesa.

Sumário

1. Dez princesas 11
2. A fuga 18
3. A gramática do amor 25
4. O pássaro perfeito 30
5. A primeira vez 38
6. Uma festa clandestina 46
7. A chave da porta errada 55
8. Orgulho e preconceito 61
9. O Dog & Bone 68
10. Noite de caraoquê 76
11. *Onen Hag Oll* 82
12. *Cornish Heath* 89
13. O monstro que devorava corações 95
14. Deus abençoe os vestidos novos 101
15. Uma nova Irene 107
16. Uma corrida até o penhasco 113
17. Festa de recesso de inverno 119
18. Química e física 129
19. *Winter Crash* 134

20. O paciente inglês	139
21. O trem	144
22. As desventuras do jovem Josh	150
23. Uma lanterna mágica sem luz	155
24. Um inverno muito quente	161
25. Caminhando por um mar de névoa	167
26. Emboscadas	173
27. A serpente do ciúme	177
28. Ventos de mudança	185
29. O amor está em toda a parte	191
30. Jane & Jazz	197
31. A *Aussie*	206
32. Gaivotas e coalas	213
33. Contas a acertar	222
34. A caixa dos segredos	228
35. Navegantes do amor	234
Epílogo	
36. A January Race	247
37. Amor branco	254

A minha mãe, que continua me ensinando a amar todos os dias.

*"Em uma hora de amor
há uma vida inteira."*

Honoré de Balzac

1. Dez princesas

O amor é um inferno onde você gostaria de passar a eternidade. Irene sabia disso muito bem. Desde que se apaixonou, perdeu o apetite e não conseguia pegar no sono.

Cada vez que fechava os olhos, lá estava ele.

Liam.

Só de dizer aquele nome, mesmo que apenas mentalmente, estremecia toda, como se estivesse nua no Ártico com o coração em chamas.

Pensando nisso, ela fez a ponta no lápis mordido, inteiramente alheia ao que acontecia ao seu redor. Um sorriso sonhador se esboçou em seu rosto de gata enquanto se inclinava, mais uma vez, sobre a carteira. Não estava anotando nada, embora fosse uma negação em gramática inglesa.

Desde que começara a estudar no internato britânico, tinha dificuldade em acompanhar o ritmo da turma. Seus pais decidiram mandá-la para o sul da Inglaterra, depois de se divorciarem, numa tentativa de afastá-la de sua pequena tragédia doméstica.

Naquele lugar melancólico e isolado, o problema não era a língua, já que seu pai era americano e, por isso, ela era meio nativa. Mas a gramática era outro papo. Quantas exceções!

Enquanto Peter Hugues, o professor de inglês, fazia uma lista interminável de *phrasal verbs* no quadro, Irene tentava escrever uma coisa importantíssima e até mais complicada...

Nada menos que sua primeira declaração de amor.

Sorriu nervosa ao tentar encontrar a melhor combinação de palavras, uma que expressasse sem pieguice os sentimentos de um amor que começava a transbordar.

Não conseguia entender como era possível que Liam, o menino mais desejado do colégio, tivesse se interessado por ela. Sem dúvida, era um milagre. Quem diria que aquele louro irresistível, que podia ter qualquer menina, ia escolher justamente ela, a ratinha de biblioteca?

"Se minhas amigas de Barcelona soubessem disso...", pensou Irene diante do papel em branco.

Tinham começado a se falar no segundo dia de aula, quando ela estava na fila do bebedouro do corredor.

Ele riu todo simpático ao vê-la carregada até o pescoço de livros, pastas e cadernos. Como um perfeito cavalheiro, cedeu seu lugar na fila e voltaram para a sala de aula conversando.

Desde esse dia, encontravam-se quase toda tarde, quando Liam saía do treino do time de futebol do qual era o craque. Passeavam pelo bosque que separava os dois prédios do internato onde moravam os alunos: um para as meninas, outro para os meninos.

O caminho terminava no penhasco. Irene adorava aquele cenário selvagemente romântico. As ondas quebravam com força nos rochedos e quase não se podia falar por causa do barulho que faziam, mas o vento úmido e o rugido do mar lhe pareciam revigorantes. Além disso, quando chegavam ao trecho mais escarpado e rochoso do barranco, Liam sempre segurava sua mão. Ela achava o gesto encantador e protetor, muito másculo.

Irene suspirou, pensando na última tarde que passaram juntos, então o professor Hugues parou de escrever no quadro e olhou para ela com ar aborrecido.

Ela se ajeitou na cadeira, ruborizada. Nem percebeu que tinha suspirado tão alto. Por uns momentos, fingiu mergulhar nas combinações de verbos e preposições, mas logo voltou a morder o pobre do lápis.

Tinha acabado de decidir que a declaração de amor seria em forma de poema.

Sempre gostou de escrever, e a tarefa não lhe parecia impossível. Além do mais, essa noite seria o momento perfeito para entregar a declaração, pois Liam a convidara para jantar num *pub* de uma aldeia vizinha.

Irene mal podia esperar por aquele momento. Nunca tivera um encontro assim: um jantar romântico com um garoto! Depois de várias semanas fazendo os deveres juntos e passeando no final da aula, aquilo lhe parecia um passo natural, embora não entendesse nada dessas coisas.

Lamentou que as amigas não estivessem ali. Elas diriam o que fazer: que roupa usar, o que esperar daquele encontro.

Será que Liam ia beijá-la?

Só tinham se beijado uma vez, vinte e quatro horas atrás. Foi quando chegaram ao alojamento, voltando do penhasco. Como sempre, ela se aproximou para despedir-se com dois beijinhos – ele achava esse costume espanhol muito exótico. Depois de lhe oferecer o rosto, Liam virou-se bruscamente para que suas bocas se encontrassem quase sem querer.

Irene ficou paralisada pela surpresa. O rapaz sorriu, acariciando-lhe os cabelos com um gesto quase paternal.

– Até amanhã, princesa.

E ela ainda continuava com um ar meio abobalhado.

Irene pôs na bolsa um pequeno envelope marfim. Dentro estava o poema, sua declaração de amor para Liam. Toda insegura, tirou-o dali para ler mais uma vez o que tinha escrito.

Querido Liam,
você entrou na minha vida
como uma rajada de vento
que levanta as folhas mortas
transformando-as em anjos
de asas trêmulas.

Meus lábios também tremem
e suspiram pelos seus.
Totalmente apaixonada, imploro por sua piedade,
conceda-me um único olhar
e serei sua para sempre.

Meu Deus, como um amor tão grande pode caber
em meu corpo desajeitado?
Um beijo seu em minhas pálpebras
seria o meu céu particular.
Amo você.
Amo você.
Amo você.

Nervosíssima, fechou o envelope.

"O mundo é para os corajosos", dizia sua avó. "Quem disse que uma menina não pode se declarar? A única coisa que a fazia perder o medo era a certeza de que Liam era o seu grande amor, mas ainda assim morria de vergonha de expressar o que sentia.

Ao fechar a bolsa, sentiu a vibração do celular, que continuava no modo silencioso desde a hora da aula.

Na tela, surgiu a imagem de um buquê de rosas. Irene sorriu emocionada ao ver que era Liam quem lhe mandava as flores virtuais, mesmo não sendo suas favoritas.

Lembrou que uma semana antes tinham falado de flores, e ela disse que adorava os girassóis, talvez por ter crescido com uma reprodução do quadro de Van Gogh na parede de seu quarto. Agora, pelo celular, recebera rosas, mas dava no mesmo: o importante é que tinham sido enviadas por seu amor.

Estava quase na hora de Liam buscá-la para o encontro, e Irene achou fofo ele não conseguir esperar para quando se encontrassem. Junto com o buquê havia uma de suas mensagens curtas: *"Flores para a minha princesa especial."*

Ela retocou o batom pela última vez, sentindo-se uma verdadeira princesa. Ficou brincando com o celular enquanto esperava por ele, sentindo um frio na barriga e cheia de esperanças com relação à noite romântica que tinha pela frente.

Foi então que aconteceu.

Seus dedos tinham percorrido várias vezes o teclado do celular, vendo e revendo a mensagem, experimentando a cada vez o doce calor que a invadira quando a recebeu. As flores eram suas. Mandadas por ele. Só para ela, sua princesa.

No final da mensagem havia um espaço em branco e depois uma série de números. O que seria aquilo? O que todos aqueles telefones estavam fazendo ali? Continuou descendo com o cursor do aparelho.

Primeiro, não conseguiu acreditar. Depois, ficou espantada. Um punhal invisível começou a rasgá-la por dentro.

As lágrimas foram caindo lentamente sobre a tela até transbordar. O mar quente de sua tristeza chegou ao chão, onde caíram duas grossas gotas salgadas.

Dez.

Dez números.

Na tela, estavam os dez telefones de outras dez princesas "especiais" a quem Liam tinha enviado o mesmo buquê de flores. E ela nem era a primeira da lista! Irene amaldiçoou o dia em que seu pai lhe deu, como um presente de despedida, aquele celular "inteligente". Tão inteligente que foi capaz de detectar a farsa.

Suas lágrimas cessaram, dando lugar a uma profunda vergonha.

Como podia ter sido tão idiota? Como pôde acreditar que Liam, o conquistador da escola, estivesse a fim dela? A quem pretendia enganar?

O espelho lhe mostrou sua imagem patética, ainda meio turva por causa das lágrimas. Irene se sentiu ridícula com aquele *little black dress* emprestado, os brincos de pérolas e as sapatilhas de cetim lustroso.

Humilhada, disse a si mesma que gente como ela devia era usar moletom e jeans folgado.

– Eu me vesti como uma princesa, como uma estúpida princesa! – gemeu.

Sentiu que estava sem ar. Abriu a porta do pequeno quarto dando graças a Deus por sua colega ainda não ter voltado da aula. E saiu correndo.

No corredor cheio de alunos que já se sentiam no fim de semana, Irene cruzou com Liam, mas corria tão depressa que nem percebeu.

Ele a viu se afastar sem entender nada, desconcertado com aquela fuga. Ao passar diante do quarto da moça, percebeu que ela tinha deixado a porta aberta. Entrou com todo cuidado. Sobre a cama, ao lado da bolsa, encontrou um envelope marfim com a seguinte inscrição:

PARA LIAM, MEU AMOR.

2. A FUGA

Foi acordada por um fraco raio de sol que se esgueirava pelas venezianas do quarto, indo bater exatamente na metade superior de seu rosto. Sentiu um calor nas pálpebras e abriu os olhos, espantada. Havia um bom tempo que não fazia um dia bonito.

Antes de viajar para o novo curso na Cornualha, no sul da Inglaterra, já sabia que o tempo não seria exatamente agradável. Embora não fosse dessas pessoas cujo humor varia com a cor do céu, hoje Irene ficou agradecida por aquela mudança. Ouvira dizer que naquela região chovia 89% do ano. E a localização do colégio no alto de um penhasco ainda tornava o clima mais dramático.

O colégio Saint Roberts ficava a vinte quilômetros da aldeia mais próxima, que nem merecia o nome de vilarejo. Era um pequeno porto tristonho com quatro casas, uma igreja e um *pub* fajuto, o Dog & Bone, onde se servia invariavelmente peixe – sopa de peixe, torta de peixe, peixe com batatas, peixe ao molho de ervilhas e de... peixe – acompanhado de cerveja quente, sem colarinho. Chamavam aquele negócio, para ela intragável, de *real ale*.

Enquanto o mar gelado inundava seus olhos, Irene teve de se esforçar para se lembrar de onde estava. Toda manhã era a mesma coisa.

Saiu da cama sem fazer barulho para não acordar Martha, sua colega de quarto, que dormia com uma venda nos olhos para que a claridade não a acordasse antes do despertador.

Decidiu vestir-se para enfrentar o dia. No primeiro tempo tinha aula de matemática. Seria uma chatice mortal, mas até preferia que fosse assim. Os exercícios da srta. Feanney iam ajudá-la a começar a manhã de um jeito calmo o bastante para bolar uma estratégia de sobrevivência.

Liam não estava matriculado em matemática, mas Irene ia vê-lo em todas as outras aulas. "Que situação!", pensou a garota. Achava que não seria capaz de falar com ele, nem sequer de encará-lo. Estava se sentindo minúscula, idiota e absolutamente só, sem nada que a ajudasse a enfrentar aquela primeira decepção amorosa.

Passou a noite em claro, depois de vagar por horas e horas perto do penhasco onde acabava o terreno do Saint Roberts. Naquele lugar, embalada pelo barulho das ondas do mar quebrando nas pedras, sentira-se um pouco melhor.

Pensara em ligar para casa, mas logo descartou a ideia. Sua mãe ainda não tinha se recuperado do divórcio – chorava diariamente –, e Irene não queria lhe contar seus problemas justo nesse momento. Será que o fracasso amoroso estava inscrito em seus genes?, perguntou-se lá na beira do precipício.

"Preciso ser forte", disse a si mesma, sem muita convicção, enquanto amarrava o cadarço dos sapatos. Jurou solenemente aguentar aquela provação de cabeça erguida. Seriam apenas algumas horas. Logo, logo poderia voltar para o quarto e dar vazão às lágrimas que vinha tentando conter desde a véspera.

Durante a aula da srta. Feanney, não conseguiu entender nem uma fórmula sequer. Ao se dirigir para a aula de gramática, sentiu o corpo pesando uma tonelada.

Assim que passou pela porta, ela o viu. Conversava descontraído com dois colegas do time de futebol. Meio apoiado numa carteira, estava com as mangas da camisa branca e impecável arregaçadas até a metade do braço. Os meninos riam com vontade enquanto Liam lhes mostrava algo num papel.

Irene se assustou ao vê-lo erguer a cabeça e encará-la. Ao perceber que o sangue lhe subia à face, dirigiu-se bem depressa à sua carteira no exato instante em que o sinal tocava.

O professor Hugues entrou na sala trazendo uma pilha de exercícios corrigidos em uma das mãos e um maço de folhas na outra. Logo começou a distribuir as folhas e ouviram-se exclamações abafadas aqui e ali.

Hugues era severo. Sua mão não hesitava em escrever REPROVADO se o aluno cometesse apenas dois erros de ortografia. Nas poucas semanas de Saint Roberts, Irene só tinha conseguido passar raspando. Sua coleção de C, C- e um ou outro mísero C+ fazia com que se sentisse o tempo todo na corda bamba.

O professor passou ao seu lado e, com toda frieza, colocou na carteira a folha da redação da semana anterior.

Não era possível! Um D!

Estava reprovada.

Mas por quê? "Logo hoje...", pensou, antes de virar a folha e ver três círculos vermelhos que contornavam três fatídicos erros de gramática. Então era isso. Maldita gramática!, gritou por dentro enquanto as lágrimas lhe brotavam dos olhos.

No fim da redação havia uma observação do professor escrita a caneta vermelha:

É UMA PENA. SEU ESTILO É BOM,
MAS O DESENVOLVIMENTO DEIXOU A DESEJAR.

Incapaz de ver o lado positivo de tal comentário, Irene lamentou amargamente aquela onda de azar. Tomada por pensamentos negativos, visualizou o terrível instante em que seus pais abririam a carta com as notas lamentáveis. Iam lê-la em poltronas diferentes de salas distintas, em casas separadas, mas a conclusão seria a mesma: tanto dinheiro gasto para nada!

Alguém que tocava em suas costas interrompeu seus pensamentos.

Era Heather, uma patricinha insuportável que se sentava na carteira de trás. Ela lhe entregou um papel amassado, dizendo:

– Pediram para lhe entregar isto.

Irene enrubesceu ao ler o bilhete escrito numa folha arrancada de caderno:

MEUS LÁBIOS TAMBÉM
TREMEM E SUSPIRAM PELOS SEUS.
AH, IRENE, POR FAVOR, IMPLORO POR SUA PIEDADE,
CONCEDA-ME UM ÚNICO OLHAR
E SEREI SEU PARA SEMPRE.

Confusa, ela olhou ao redor, tentando encontrar o autor do bilhete. Seria Liam? Nesse caso, por que estava repetindo algumas das palavras que ela tinha escrito em sua declaração de amor?

Sua colega de quarto, que milagrosamente conseguira acordar e estava sentada na fileira ao lado, esticou a mão para lhe entregar outro bilhetinho:

OH, DEUSA, MEU AMOR, UM BEIJO SEU EM MINHAS
PÁLPEBRAS SERIA O MEU CÉU PARTICULAR.

Amassou o bilhete furiosa com as risadinhas que vinham do fundo da sala. Tentava entender o que estava acontecendo. Não podia ser Liam, porque os bilhetes não estavam escritos com a letra dele. Mas como os outros poderiam saber o que ela tinha escrito horas atrás?

Não, era impossível, absolutamente inconcebível.

Lembrou-se do papel marfim que Liam tinha nas mãos quando entrou na sala e que havia provocado tantas risadas de seus dois amigos. Será que ele tinha lhes mostrado o seu poema? Aquele papel com os sentimentos mais íntimos de sua primeira declaração de amor?

Uma terceira mão só veio aumentar seu espanto. Era outro bilhetinho insolente, usando suas palavras deformadas pela gozação. Às suas costas, explodiram mais risos, que foram se espalhando até contagiar a turma inteira.

Martha olhou para ela com pena, balançando a cabeça.

Liam evitou seu olhar. De repente, parecia mergulhado nas anotações de aula, embora um sorriso malicioso repuxasse seus lábios carnudos.

O professor chamou a atenção da turma e, levantando a voz, perguntou que diabo era aquela bagunça.

Com o rosto banhado de lágrimas, Irene se sentiu arrasada pela noite em claro e pela terrível humilhação que Liam acabava de lhe impor. Incapaz de continuar na sala por mais um minuto que fosse, a garota se levantou bruscamente da carteira.

Fez-se um silêncio sepulcral quando ela atravessou a sala feito um zumbi. Sem hesitação, abriu a porta e, para surpresa de Hugues, saiu correndo pelo corredor em direção ao pátio.

As lágrimas continuavam a rolar sem cessar, como se a fonte de sua tristeza não tivesse fim. Inundavam o seu rosto e chegavam a umedecer o cabelo liso.

Irene já nem as sentia. Saíra da sala sem casaco, mas o frio também não a incomodava. Impelida pela urgência de fugir, só queria correr, correr e correr. Nada mais.

Quando chegou ao penhasco, chorando e ofegante pelo esforço, assustou-se ao ouvir passos.

– Mas que diabo...?

Peter Hugues a seguira e lhe falava, parado às suas costas.

Irene não teve qualquer reação. Não se importava com nada: o professor podia reprová-la, escrever a seus pais e avisá-los de seu mau comportamento. Não fazia diferença. Desde a véspera, sua vida não tinha mais sentido.

O professor parou poucos metros atrás dela. A garota enxugou as lágrimas e continuou olhando fixo para o mar, como se estivesse sozinha.

Por alguns minutos, nenhum dos dois disse nada. Depois, com todo cuidado, Hugues lhe perguntou se podia chegar mais perto. Ela assentiu, indiferente, sem entender por que ele estava lhe pedindo permissão.

Ao ouvi-lo suspirar, Irene achou que ele ainda não tinha se recuperado do esforço da corrida. Fitou-o então pela primeira vez, e o professor lhe pareceu assustado.

– Tempos atrás conheci uma garota muito parecida com você, Irene. Ela também gostava de correr. Você corre bem depressa, sabia?

Ela assentiu.

A voz do professor soou diferente, pensou Irene, sem responder. Era grave, como sempre, porém mais suave e agradável, sem o tom severo que normalmente usava em aula.

De repente, o professor de gramática a segurou pelos ombros com tanta força que ela chegou a perder o fôlego.

– O que está fazendo? Ficou maluco?

Assustada, Irene recomeçou a chorar enquanto se desvencilhava dos braços dele.

– Desculpe-me, só queria salvá-la.

– Salvar de quê? – indagou ela, soluçando.

– Achei que você ia se jogar.

– Me jogar do penhasco? – retrucou ela, atônita. – Não, só queria correr, mas o caminho acabou e fiquei sem saber o que fazer. Então o senhor apareceu.

Hugues se desmanchou em desculpas. Perguntou mil vezes se ela estava bem e se podia fazer algo para ajudar.

Irene negou com a cabeça.

O professor insistiu em lhe emprestar seu casaco. Após acompanhá-la de volta a Saint Roberts em silêncio, chamou-a para uma conversa particular em seu gabinete depois do almoço. O rosto dele voltara a ser o do professor severo e um tanto rígido que todos conheciam das aulas.

Agora Irene sabia que, além de "osso duro de roer", Hugues era completamente maluco. Suicidar-se! De onde ele tirou a ideia de que ela queria se jogar do alto do penhasco?

Vendo-o afastar-se, pensou que talvez ousasse lhe perguntar isso mais tarde em seu gabinete. Isso se ele a deixasse falar, porque o mais provável era que Hugues estivesse lhe reservando um castigo exemplar por ter fugido da sala daquele jeito.

Escolheu o caminho menos movimentado para chegar ao seu quarto. Não pretendia voltar às aulas pelo restante do dia. Sem dúvida alguma, pensou, acabava de se meter em uma enrascada sem tamanho.

3. A GRAMÁTICA DO AMOR

Irene bateu de leve à porta do gabinete do professor, desejando que ele não ouvisse ou que acontecesse algum milagre e ele não estivesse lá dentro.

– Entre – disse uma voz forte do outro lado da porta.

Não estava com sorte. Cerrou os punhos e prendeu a respiração, pronta para receber o maior castigo de sua vida.

Hugues esperava por ela sentado à sua mesa coberta de papéis e grossos volumes de capa dura.

Irene olhou ao redor. Havia livros por todo lado. Abarrotando as estantes que iam até o teto, cobrindo todas as paredes, com exceção daquela onde ficava a janela. Sentou-se com os joelhos bem juntos na cadeira que o professor havia lhe indicado com um aceno de cabeça. A "forasteira", como a chamavam seus colegas, adoraria camuflar-se nos móveis ou no espesso tapete que cobria o assoalho.

– Quer um pouco de chá? – perguntou ele, passando-lhe uma xícara e o açucareiro.

Irene negou com a cabeça e, com um tímido "obrigada", pôs em cima da mesa o casaco que Hugues lhe emprestara.

Naquele escritório pairava o mesmo cheiro que a tinha envolvido quando vestiu aquela peça de roupa poucas horas atrás, no caminho de volta até o alojamento. Era uma mistura de livro velho, caramelo e a quentura da madeira queimada.

Com a maior parcimônia, o professor despejou na xícara um chá *earl grey* que tinha um cheiro forte de tangerina. Irene ficava chocada com a mania dos ingleses de tomar chá. Quando criança, a tia lhe emprestara uns livros da série *Os famosos cinco* e *As gêmeas no colégio de Santa Clara*, com a esperança de que a sobrinha se encantasse com duas de suas sagas infantis favoritas. A menina achou aquelas histórias bobas e sem sentido, totalmente ultrapassadas. Mesmo assim, achou engraçado o fato de os protagonistas passarem tanto tempo tomando chá e comendo ovos cozidos e sanduíches de geleia.

Aproveitando um instante em que o professor voltou os olhos para a janela, pôde observá-lo mais atentamente. Devia ter mais de trinta anos, embora fosse difícil precisar. Era magro e talvez por isso parecesse mais jovem, apesar de alguns fios grisalhos já aparecerem no seu cabelo levemente ondulado. Tirara o casaco verde com o escudo de Saint Roberts, que era o uniforme dos professores, e estava usando uma camisa azul-clara que combinava com os olhos repletos de uma tristeza serena.

Hugues interrompeu suas divagações com uma pergunta bem direta:

— Como você está? Já se refez do susto?

— Eu já... E o senhor?

Arrependeu-se imediatamente de ter feito aquela pergunta. Era comum a timidez fazê-la falar sem pensar, coisa que muita gente confundia com insolência. E esse defeito já lhe tinha causado muitos problemas.

Para sua surpresa, o jovem professor se limitou a admitir:

— Tem razão em dizer que me assustei, e não faltaram motivos para isso.

– Agradeço muito a sua preocupação, mas...

Irene enrubesceu e se sentiu perdida, incapaz de decidir que rumo dar ao pedido de desculpas. A voz grave de Hugues a deixava com medo:

– Ouça bem, Irene. Você teve um dos piores dias de sua vida, pois a primeira decepção amorosa é vivida como um drama e um castigo terrível. E por falar em castigo... Vejo-me obrigado a lhe dar um por ter saído da sala. Como sabe, os alunos são proibidos de deixar o prédio da escola no horário das aulas, sem uma permissão expressa.

Ele já decidira, pensou a garota. Mas como ficou sabendo o motivo de seu sofrimento? Morria de vergonha só de pensar que ele sabia da humilhação que Liam a fizera sofrer.

– No entanto – prosseguiu Hugues, limpando os óculos –, considerando as circunstâncias excepcionais... Vamos encontrar uma solução adequada para o seu caso. Você gosta de ler, não é?

Irene concordou sentindo que suas pernas tremiam e um turbilhão de ideias absurdas surgia em sua mente. Será que ele ia obrigá-la a ler os cinquenta volumes da *Enciclopédia Britânica* guardados como uma relíquia na biblioteca?

– Eu imaginava. Vou lhe propor então um castigo um tanto especial. Vamos nos encontrar aqui no escritório nessa mesma hora todas as quartas. Eu lhe passarei uns exercícios de literatura, por assim dizer. Você vai ler as obras que eu recomendar e trabalharemos juntos. Será um projeto especial. O que acha?

– Mas... eu... O senhor é professor de gramática, não de literatura.

– Tem razão, mas não vai ser um seminário sobre romance no sentido convencional. Neste momento da vida, você precisa de algumas aulas de gramática do amor. Nessa matéria você não pode ficar em recuperação.

Irene encarou Peter Hugues espantada. Ouvira dizer que os ingleses eram excêntricos, mas nunca poderia imaginar que se veria numa situação como aquela.
– Gramática do amor? – balbuciou ela. – O que é isso?
Mais uma vez os melancólicos olhos azuis do professor se voltaram para a janela, antes de responder, como se falasse consigo mesmo:
– Ser jovem e estar apaixonado pela primeira vez é algo extraordinário, mas também dolorosamente confuso. Por que acha que Liam agiu desse modo com você?
Irene enrubesceu novamente, encabulada com a simples ideia de falar de seus sentimentos com um dos professores. Afinal de contas, ele era um desconhecido.
– Não sei, acho que ele estava a fim de zombar de mim... E fui uma idiota. – Decidiu então mudar o rumo da conversa: – O que é essa tal gramática do amor, professor Hugues?
– Logo você vai descobrir. Por enquanto, espero você aqui, na próxima quarta, às cinco em ponto. Pegue na biblioteca um exemplar de *A sul da fronteira, a oeste do sol*, do japonês Haruki Murakami. É um romance curto. Em uma semana deve ser lido.
Irene murmurou algo incompreensível que ele interpretou como um "combinado". Depois, o professor se levantou para acompanhá-la até a porta, estendendo a mão para cumprimentá-la com toda cerimônia.
– Mais uma coisa – disse ele quando ela já estava quase saindo, espantada com a extravagância daquele castigo; tinha imaginado uma punição severa, quem sabe até uma advertência enviada aos pais, então podia até considerar-se bem sortuda. – Hoje você me deu uma canseira naquela corrida até o penhasco, e olhe que estou em boa forma. Seria um crime desperdiçar o seu talento de corredora. Como parte do castigo, você vai ter de treinar na

pista de atletismo três vezes por semana. Pouco importa em que horário vai fazê-lo, mas quero que no final do trimestre esteja preparada para participar da corrida do colégio, a January Race. Vai competir com alunas de séries mais adiantadas.

Irene abriu a boca para dizer alguma coisa, mas voltou a fechá-la sem encontrar resposta para uma exigência tão absurda. Primeiro, as tais leituras especiais. Agora a corrida. Com certeza, Peter Hugues tinha algum problema. Parecendo notar seu atordoamento, o professor lhe dirigiu um leve sorriso de despedida.

Definitivamente, aquele estava sendo o dia mais esquisito de sua vida.

4. O pássaro perfeito

Já havia se passado praticamente uma semana desde o encontro com o professor de gramática, e, de forma quase natural, Irene havia integrado os dois castigos em sua vida.

Levantava-se às seis da manhã, quando ainda era noite fechada. Fazia um rabo de cavalo para prender o cabelo escuro, enfiava suéteres grossos e um casaco térmico para aguentar as baixas temperaturas. Calçava os tênis, tomava um copo d'água e saía para correr.

O percurso seguia, no início, até o penhasco, pelo caminho mal iluminado que cruzava o pequeno bosque. Corria os dois primeiros quilômetros quase dormindo. O *tap-tap* monótono de seus pés batendo no chão de cascalho fazia-a mergulhar em tal estado de torpor que, em pouco tempo, já não pensava em nada. E gostava disso.

É bom não pensar quando alguém acaba de partir seu coração.

Antes da corrida, Irene deixava os olhos preguiçosos percorrerem o pátio que, àquela hora, era tranquilo como um cemitério vitoriano. Ao lado do alojamento, diante do prédio do colégio, havia uma pracinha circular com um laguinho no meio. No fundo coberto de limo viviam enormes carpas que os alunos eram proibidos de alimentar. Muitas vezes se sentara nos bancos de madeira quebrados que contornavam a tal pracinha. Era um bom lugar para ler ou passar o tempo, mas não àquela hora da manhã, quando a umidade do mar penetrava nos ossos.

Tap-tap, tap-tap, tap-tap... Assim que chegava ao penhasco, deixando o colégio para trás, o ar úmido a despertava imediatamente. Começava então a curtir o exercício.

Tinha de admitir que Hugues acertara em cheio obrigando-a a treinar. Aquele era o esporte perfeito para o seu porte físico. Irene era miúda e magrinha, parecia feita para correr. E o que mais lhe agradava era que, a cada passada dada contra o vento, tinha a ilusão de fugir de si mesma.

Do penhasco, tomava uma trilha estreita que desembocava em um caminho alternativo, de volta ao colégio. Dessa vez passando em frente ao alojamento dos meninos. Ao todo, era um percurso de quase cinco quilômetros.

Como a corrida de fim de trimestre do Saint Roberts era de dez quilômetros, Irene ainda se dirigia para a pista de atletismo. Ali corria mais cinco mil metros, dando voltas no circuito impecável. Essa parte da série lhe parecia mais difícil, porque achava muito chato ficar correndo em círculos. Já lhe bastava a sua vida tão circular e repetitiva. Mesmo assim, tinha de admitir que adorava treinar e se sentia muito bem quando encerrava o exercício com uma chuveirada quente.

Se as manhãs antes das aulas eram dedicadas a gastar as solas dos tênis de corrida, as tardes eram dedicadas à leitura.

Começara a ler *A sul da fronteira, a oeste do sol*, de Haruki Murakami, em uma edição muito gasta e cheia de anotações da biblioteca. Hugues lhe dissera que iam ler sete romances, escolhidos por ele sem respeitar qualquer ordem cronológica. Na verdade, o professor preferiu começar pelo título mais contemporâneo.

Irene nunca tinha lido nenhum escritor japonês e ficou com medo de que o romance fosse chato. Logo, porém, sentiu-se cativada pela história dos protagonistas, Hajime e Shimamoto, e também muito intrigada pelas anotações feitas nas margens das páginas.

Havia dois tipos de comentários feitos nitidamente por pessoas diferentes. Uns estavam escritos a caneta esferográfica. A letra era pequena e bonita e, no final de cada linha, tinha certa tendência a subir um bocadinho. Os outros tinham sido feitos a lápis com uma letra bem mais descuidada. Irene deduziu que as primeiras anotações eram de um adulto, e as outras, de alguém mais jovem e apressado. Em todo caso, as duas formavam um roteiro de leitura que a ajudava a entender o primeiro livro daquela nova matéria extracurricular, "a gramática do amor".

A sul da fronteira, a oeste do sol conta a história de Hajime, que em japonês significa "princípio". Até os doze anos, ele era um garoto complexado, que se sentia diferente dos colegas de escola. Irene compreendia muito bem essa situação. Não era em vão que ela era chamada de "forasteira". Mas Hajime começa uma profunda relação de amizade com Shimamoto, uma menina superdotada de sua turma.

Muitos anos mais tarde, os dois se reencontram e tentam ressuscitar aquele primeiro amor em circunstâncias bem mais complexas que as de sua infância.

Irene gostou, em particular, da primeira parte do livro, pois a relação de Shimamoto e Hajime aos doze anos a fascinava. Ambos eram filhos únicos como ela, e se encontravam todas as tardes para tomar chá e ouvir velhos discos de vinil. A leitura a transportou a um momento do passado e a fez se lembrar de Marcos, o Esquisito, o único amigo que tinha aos onze anos e que nunca mais vira. O que teria acontecido com ele? Perderam contato quando a família do garoto se mudou para outra cidade, muito antes de ela própria vir para a Cornualha.

As primeiras anotações manuscritas seguiam-se a um trecho particularmente bonito, que deixou Irene bastante impressionada:

Pegou a minha mão uma única vez. Foi num dia em que estava me levando a um lugar qualquer, e aquele gesto dizia: "Depressa, é por aqui." Nossas mãos ficaram unidas por uns dez segundos, no máximo, mas para mim pareceram trinta minutos. E, quando ela a soltou, desejei que aquele contato não tivesse se interrompido. Eu sabia, sabia que ela pegara a minha mão de forma espontânea, mas que, na verdade, fizera aquilo porque queria fazê-lo. Ainda hoje me lembro do toque de sua mão aquele dia. É um toque diferente de qualquer outro que experimentei depois. É simplesmente a mão pequena e quente de uma menina de doze anos. Mas, naqueles cinco dedos e naquela palma, se concentravam, como num catálogo, todas as coisas que eu queria saber, todas as coisas de que eu precisava saber. E que ela, pegando a minha mão, me ensinou. Ensinou que, no mundo real, existia um lugar como aquele. Durante dez segundos, tive a sensação de ter me transformado num pássaro perfeito. Cortava o ar, sentia o vento. Lá das alturas, podia ver paisagens distantes. Tão longínquas que não dava para ver claramente o que havia lá. Mas soube que existiam. E que algum dia eu ia visitar. Essa certeza me tirou o fôlego, me fez estremecer.

À direita desse parágrafo, alguém escrevera a caneta:

Primeiras vezes.
Pássaro perfeito:
perfeita definição do amor!

Logo abaixo, a lápis, se lia:

B. e eu passeando
na praia;
com ela
tudo era possível.

A referência à praia a deixou intrigada. Imaginou que o leitor que usava lápis era aluno do colégio, ou pelo menos alguém que estudara ali em algum momento. Quem seria? E quem seria essa tal de B., com quem tudo era possível?

De qualquer forma, Irene também achava que aquele parágrafo de Murakami resumia perfeitamente o que era o amor. Estar apaixonado é sentir-se diante de um catálogo maravilhoso, cheio de infinitas possibilidades. É saber-se um pássaro perfeito, que percorre os céus, sentindo que encontrou sua verdadeira razão de ser, seu centro, seu motivo.

Pena que a tivessem derrubado com um tiro traiçoeiro, quando começava a levantar voo, pensou.

Irene mordiscava o lápis vermelho – queria fazer as próprias anotações – completamente concentrada no livro. Enquanto o vento úmido agitava seu cabelo, a tarde ia passando sem que ela percebesse. Sentada na praça do laguinho, segurava com a mão livre um copo de chocolate quente, tentando enganar o frio.

Heather passou perto dela e cumprimentou-a sem muito entusiasmo. Irene respondeu vagamente ao cumprimento, sempre mergulhada na leitura.

Depois foi a vez dele, e as letras das páginas ficaram turvas.

Liam seguia em direção ao penhasco de mãos dadas com Rosalinde, uma menina linda de sua turma. Por baixo do gorro de lã da garota dava para ver o cabelo liso e solto, de um castanho brilhante.

Irene não ficava bem de gorro. Quando usava, parecia que seus olhos eram muito pequenos, e ela ficava parecendo uma idiota, com uma boina de lã na cabeça. Esse não era o caso de Rosalinde: aquele acessório lhe caía como uma luva, chegando até a realçar seus enormes olhos verdes.

Naquele instante, Liam sussurrou alguma coisa ao ouvido da moça, fazendo-a sorrir. Ela sorriu e afastou uma mecha de cabelo que lhe caíra no rosto. O rapaz fitou-a com ternura e aproveitou para segurá-la suavemente pelos ombros, gesto que, aos olhos de Irene, era dolorosamente familiar.

Será que Rosalinde era uma das dez princesas ou era uma nova "aquisição" que vinha se somar àquela lista? Fechou o livro subitamente, arrasada com a intensidade da dor que sentia, e decidiu que ia precisar de um treino extra aquela tarde.

Não quis pegar o caminho do penhasco, já que Liam e Rosalinde estavam indo para lá, e foi direto para a pista de atletismo. Já era noite, mas vários holofotes muito potentes iluminavam todo o centro esportivo.

Irene começou a correr pela raia externa com um trote tranquilo. Depois, acelerou num *sprint* interminável, disposta a acalmar a inquietação que sentia, até ficar completamente sem fôlego.

Se corresse com todas as suas forças, logo arrancaria do coração a imagem de Liam, dizia a garota para si mesma, tentando se acalmar. *Liam conversando com a outra garota. Segurando-a pelo ombro. A primeira vez que pegou a mão DELA. A primeira vez que dividiram um refresco, situação que lhe pareceu, ao mesmo tempo, natural e deliciosamente íntima. As mãos dele, com os dedos longos e finos, as ruguinhas que se formavam dos lados de sua boca quando ele sorria...* Acelerou ainda mais, colando os braços flexionados junto ao tronco e tentando absorver oxigênio para continuar respirando.

— Nossa, que rapidez! Mas se continuar correndo assim vai acabar se machucando — disse uma voz às suas costas.

Irene reduziu um pouco a velocidade e a pessoa que tinha falado conseguiu alcançá-la.

— Você sabe que corre muito rápido?

O garoto não lhe era estranho, mas não conseguia lembrar de onde o conhecia. Era bem mais alto que ela, mas muito magro também. Talvez fosse de alguma turma mais adiantada. Vinha correndo pela raia ao lado da sua e parecia empenhado em conversar com ela.

— Não precisa responder. Com certeza você não está podendo nem falar! Até eu que sou corredor de fundo estou achando difícil acompanhar o seu ritmo. É sério: correndo desse jeito, vai acabar com alguma lesão. Já reparei que você vem aqui todos os dias, mas nunca a vi fazer nenhum tipo de alongamento.

— Alongamento?

Após diminuir o ritmo, Irene tinha recuperado fôlego suficiente para responder aquele garoto tão inoportuno, mas ainda estava atordoada e furiosa com Liam e sua nova acompanhante.

— É, antes e depois de correr, você precisa alongar os músculos das pernas. Se não fizer isso, pode acabar a corrida mancando. E aí... adeus competição. Se quiser, posso lhe ensinar. Venha, espero você na frente do galpão onde são guardados os aparelhos.

E, sem esperar resposta, afastou-se correndo na direção oposta à de Irene. Ela continuou a corrida num ritmo ainda mais moderado, tentando lembrar como se chamava aquele chato. Tinha certeza de que o nome dele começava por "m". Lembrava-se disso porque ele parecia um pouco com Marcos, seu amigo de infância. Engraçado, era a segunda vez no dia que pensava em Marcos, o Esquisito.

Marcelo, pois esse era o nome do garoto, ensinou-lhe os exercícios básicos de alongamento. Enquanto ela se alongava entediada, ele contou que era da equipe de atletismo do Saint Roberts. Participava de todas as corridas de fim de trimestre. Os dez atletas com o melhor tempo competiam na meia maratona do final do ano letivo. Admitiu que tinha participado dessa maratona duas vezes, mas nunca vencera.

Irene mal escutava o que ele dizia, pois seus pensamentos continuavam bem longe, lá no penhasco, e Marcelo não parava de falar de coisas que não tinham a menor importância.

Em cinco minutos, ela percebeu que não conseguiria continuar ouvindo aquelas bobagens sobre músculos, ácido lático e pulsômetros para medir os batimentos cardíacos. Agradeceu e, sem maiores explicações, deu por encerrada aquela sessão conjunta de alongamento. Seguiu para o quarto sem olhar para trás, onde um Marcelo desconcertado se perguntava o que estava acontecendo com aquela garota que corria tão depressa.

5. A PRIMEIRA VEZ

Peter Hugues pôs duas xícaras fumegantes sobre uma pilha de livros que servia de mesinha em seu escritório. Irene pegou uma delas com ambas as mãos e tomou um gole daquele chá forte e perfumado. Tinha de se acostumar à bebida se queria ser alguém na Cornualha, disse consigo mesma, olhando pela janela. O céu era de um azul tão intenso que seus olhos chegavam a doer.

O professor se sentou em uma cadeira em frente ao divã de couro sintético marrom onde ela, nervosa, cruzava e descruzava as pernas à espera do veredicto. Acabava de lhe entregar um breve ensaio sobre *A sul da fronteira, a oeste do sol*. Peter tinha lhe pedido que, em vez de um comentário sobre o texto, fizesse um trabalho bem pessoal sobre as impressões e os sentimentos que a leitura daquele livro tinham provocado nela.

Irene dera ao trabalho o título de A PRIMEIRA VEZ, já que Murakami a fizera pensar na importância do primeiro amor e em como ele molda a vida de uma pessoa. Uma de suas conclusões foi: "*Somos o que resta de nós quando alguém nos parte o coração pela primeira vez.*"

O protagonista do romance descrevia com perfeição um sentimento que Irene, apesar da pouca experiência, já tinha conhecido: a certeza de que nosso mundo se torna um lugar inóspito quando a pessoa amada desaparece. Mais para o final do romance, Hajime se senta no bar de jazz do qual é dono. O que antes lhe parecia um lugar acolhedor e fascinante, sem a presença de Shimamoto era apenas um barzinho vulgar, desprovido de qualquer encanto.

Nessa parte do livro havia uma nota, escrita no rodapé da página pelo leitor da esferográfica – uma citação com autor e tudo –, que Irene se permitiu incluir em seu trabalho:

Você não está apaixonado por ela,
mas está apaixonado pela vida através dela.
Stewart Emery

Nos últimos dias ela mesma vinha sentindo que as cores de Saint Roberts tinham perdido o brilho. A leitura do autor japonês, no entanto, a ajudara a se dar conta de algo muito importante: atordoada pela humilhação sofrida, não fora capaz de ver que desde o início Liam *não* era seu primeiro amor.

A paixão fora sem dúvida fulminante, talvez por ter se sentido tão especial ao perceber que ele a escolhera. Agora, porém, entendia que seus corações jamais chegaram a se tocar. O que sabiam um do outro? Nada. Começava a perceber que, quando aquela tempestade romântica passasse, descobriria dentro de si mesma que aquela história tinha sido apenas uma fascinação efêmera.

Por outro lado, vinha pensando muito em Marcos, o Esquisito, seu amigo de infância. Aquele garoto tímido e desajeitado havia deixado uma marca profunda nela.

É possível falar de amor aos onze anos? Era a idade que tinham quando deixaram de se ver, mas Irene sabia que esse sentimento tinha existido. Um amor inocente e puro, de tardes intermináveis diante de um livro ilustrado que liam alternadamente, de bebidas quentes que tomavam na mesma garrafa, de chicletes gigantescos e pequenas fantasias compartilhadas.

O pássaro perfeito de Murakami a transportara até uma tarde de domingo, no começo do inverno. O livro que estavam lendo era uma adaptação dos contos de Poe, e lá fora chovia a cântaros. Estavam sentados no tapete de Irene, que tinha se assustado com a história "O coração delator" e pedira que parassem de ler. Marcos, o Esquisito, ficou atônito, como acontecia algumas vezes; depois, voltava ao normal e retomava a conversa como se nada tivesse acontecido.

Mas, naquela tarde chuvosa, fez uma coisa diferente. Sem mais nem menos, inclinou-se na direção da amiga e a abraçou. A chuva batia mais forte no telhado, como se quisesse acompanhar o ritmo do coração dos dois.

Irene nunca esqueceria o leve tremor do corpo de Marcos colado ao seu, nem o rosto quente do menino encostado em seu pescoço. Com uma segurança que até então desconhecia, ela o puxou mais para perto de si e começou a acariciar sua nuca, enquanto continuavam abraçados, em silêncio.

Não se ouvia nada além da chuva e de seus corações desenfreados.

Não se beijaram, mas Irene se lembrava de sentir-se completamente unida a ele, como se os dois estivessem ligados por um fio invisível, cálido e sedoso. Marcos, porém, se afastou dela, dizendo que tinha de ir para casa.

Aquilo não voltou a acontecer, e os dois nunca mencionaram o fato em suas conversas, embora desde aquela tarde Irene tenha desejado que a cena se repetisse. Quando ele ligou dizendo que a família ia se mudar, a menina sentiu que alguma coisa importante ficaria para sempre no ar, como se lhe tivessem tirado o final de um romance que a tivesse envolvido e do qual não existisse nenhum outro exemplar.

∞

– Onde você está com a cabeça, garota?

Irene percebeu que Hugues tinha acabado de ler as três folhas em espaço duplo que sua única aluna tinha lhe entregado.

– Em lugar nenhum – respondeu, insegura. – Estava só esperando sua opinião sobre o meu trabalho.

Notou que estava ansiosa. Peter era tão gentil com ela... queria agradá-lo. Mas, reservada como era, sentia-se incomodada com o fato de um estranho saber tanto sobre seus sentimentos mais íntimos. Esfregou os braços, sentindo-se indefesa e frágil diante do olhar do professor, que pôs com todo cuidado as folhas de papel em cima da mesinha. Depois, ergueu as sobrancelhas e sorriu.

– No começo, fiquei me perguntando se esse era o autor adequado para iniciar a gramática do amor, mas, agora que li seu trabalho, vejo que você o compreendeu muito bem. Fez alguns comentários brilhantes. E gostei de ver você relacionar a leitura ao seu primeiro romance.

Irene o fitou com certa timidez.

– Esse Marcos era tão esquisito assim? – indagou Hugues, de súbito.

– Se era! Nunca conheci ninguém como ele. Talvez por isso sinta tanta saudade, embora não tivesse percebido isso até agora.

Logo se arrependeu de ter expressado tão abertamente seus sentimentos. Não falava deles com ninguém, e, por mais que gostasse de Peter, ficou se sentindo idiota e ridícula. Para se livrar da sensação, resolveu dizer:

– Por que estamos fazendo isso, professor Hugues? Já lhe disse que não vou me atirar de nenhum penhasco.

Ele voltou os olhos para a janela e respondeu:

– Existem penhascos mais profundos e perigosos que os da Cornualha. Ficam dentro de cada um de nós e é muito difícil nos salvarmos quando caímos neles. – Falava como se estivesse muito longe dali; depois, voltou-se para Irene e acrescentou: – Mas você veio aqui para falar de histórias de amor. Todas essas que vão acompanhá-la durante este trimestre são muito especiais. Eu as li pela primeira vez em voz alta com minha mulher, como você fazia com Marcos.

– Estão divorciados, como meus pais? – atreveu-se a perguntar a menina.

– Não, Irene. Minha mulher morreu há dois anos.

– Desculpe, não queria...

Peter ergueu a mão e deixou-a cair no colo, como se lhe dissesse para não se preocupar. Então, encheu a xícara de chá e retomou o ensaio:

– Gostei disso que você escreveu sobre o primeiro amor: *"Geralmente basta sabermos que fomos escolhidas para nos apaixonarmos pela pessoa que nos acha especial. Será que o primeiro amor não é a surpresa de ver que alguém, no meio da multidão, reparou justamente em nós? Talvez por isso seja tão emocionante."* Muito bom, Irene.

Em seguida, o professor se levantou e declarou:

– Por hoje é só. Até a próxima quarta-feira.

∞

Deitada na cama no alojamento, Irene não conseguia parar de pensar no professor. Repetia mentalmente os elogios que ele havia feito no escritório. Peter gostava do que ela escrevia e já tinha lhe dito que, com alguma dedicação, poderia chegar a ser escritora ou jornalista.

Será que ele escrevia?, perguntou a si mesma. Com tantos livros a sua volta, seria estranho que não tivesse, pelo menos, tentado.

Mergulhada em lembranças cada vez mais dispersas, sentiu um friozinho agradável no estômago ao pensar nas mãos de Peter em volta de sua cintura naquele dia no penhasco, quando ele achou que ela ia se suicidar.

Irene ficou vermelha ao perceber que estava pensando no professor de gramática de um jeito... *daquele* jeito.

Tentando conter seus devaneios, virou-se na cama e abriu a primeira página de *Orgulho e preconceito*, de Jane Austen. Ele mesmo tinha lhe emprestado aquele livro, que apanhou na estante quando ela saía de seu escritório. Irene respirou fundo, sentindo o cheiro de papel velho que se desprendia daquelas páginas.

Jane Austen tinha o cheiro de Peter Hugues.

Deu um suspiro e se preparou para passar uma noite agradável no universo romântico que o livro prometia desde o início:

É uma verdade universalmente conhecida que um homem solteiro, possuidor de uma boa fortuna, deve estar precisando de uma esposa.

"Estamos começando bem", pensou ela, imaginando um romance cheio das típicas cenas melosas e repleto de lugares-comuns. Para se divertir um pouco, contou quantas vezes apareciam na primeira página as palavras "solteiro", "casado" ou seus derivados. Contou um total de quatro "solteiros", um "casadoira" e um "casado".

Pelo menos a autora deixava bem claro desde o início qual era o tema de sua história.

Continuou lendo sem muito interesse, e logo estava bocejando, lutando para não pegar no sono. De repente, começou a se sentir exausta. As pálpebras pesavam e pouco a pouco caiu em um profundo torpor, e foi se fundindo nele inapelavelmente, com as páginas do livro escorregando de seus dedos.

∞

Irene corria com o coração apertado, sem conseguir conter os soluços. Seguia para o penhasco a toda, tão depressa que nem via as pedras do caminho que faziam-na tropeçar e perder o ritmo. As lágrimas escorriam pelo seu rosto, deixando a vista embaçada.

Sabia que a seguiam de perto, e essa certeza, em vez de fazê-la desistir daquela corrida louca, só a levava a aumentar a velocidade. Tudo o que queria era correr, correr sem parar, fugir da profunda tristeza que a atormentava.

Peter Hugues não estava muito distante, e Irene percebia sua presença cada vez mais próxima, mas nada nem ninguém era capaz de detê-la. Apertou com mais força o livro que segurava com uma das mãos do lado direito do peito.

E então parou.

Ali no abismo o vento era tão forte que ela já não ouvia os passos de seu perseguidor que, no entanto, chegara à beira do penhasco quase ao mesmo tempo que ela. Só quando sentiu a respiração dele em sua nuca, lembrou-se de que não estava sozinha no recanto mais isolado do Saint Roberts.

– Irene – sussurrou o professor, em tom preocupado.

– Já lhe disse que não vou pular, não precisava ter me seguido – replicou ela, ainda chorando.

Como o professor não respondeu, ela virou ligeiramente a cabeça para ver se ele ainda estava ali. De repente, sentiu as mãos dele na cintura e instintivamente soube que ele a segurava com uma urgência que não era a mesma da primeira vez.

— Irene — repetiu Hugues.

Ela se surpreendeu ao ver que o azul-claro dos olhos do professor havia praticamente desaparecido, substituído agora por um tom muito mais escuro, líquido, quase negro. Ele tirou uma das mãos de sua cintura e enxugou com cuidado uma última lágrima. Irene sentiu o corpo inteiro acender, como se alguém houvesse finalmente localizado um interruptor oculto em alguma parte de seu ser. Seguia todos os movimentos do professor de gramática como se estivesse hipnotizada. Pegou o dedo com que ele tinha enxugado a sua lágrima e, sem pensar no que fazia, levou-o aos lábios e o beijou. Depois, fez o mesmo com os outros quatro dedos, sem pressa alguma e sem deixar de fitá-lo um momento sequer.

Peter suspirou, e ela, consciente do novo poder que acabava de adquirir, levou a mão que segurava entre as suas ao próprio seio e a manteve ali com firmeza, enquanto seu coração batia enlouquecido.

Seus lábios não tardaram a se encontrar e Irene sentiu o hálito fresco do professor misturar-se ao seu. De imediato, as pernas e os braços ficaram bambos, como se seu corpo estivesse esperando há muito tempo aquele beijo como um sinal. Sua mão direita, que ainda segurava *Orgulho e preconceito*, também se afrouxou, e o livro caiu em cima de uma pedra com uma pancada surda.

∞

O barulho do livro caindo no chão ao lado da cama subitamente a despertou. Irene pegou o romance e apagou a luz, sabendo que as imagens daquele sonho perturbador iam aparecer muitas vezes a partir daquela noite.

6. Uma festa clandestina

Na quinta-feira, Irene decidiu passar na biblioteca depois das aulas. Queria devolver o livro de Murakami e procurar alguns textos que a ajudassem a fazer uma leitura mais proveitosa de *Orgulho e preconceito*.

Sem querer, estava virando uma aluna aplicada da gramática do amor e queria caprichar ao máximo no trabalho sobre o romance de Jane Austen. Além disso, pretendia impressionar Peter Hugues, embora seu orgulho a impedisse de admitir.

Sentia-se meio idiota por alimentar algum tipo de sentimento em relação ao professor, por mais que repetisse para si mesma que era lógico que ele a atraísse. Era um sujeito bem bonito, com aqueles olhos azuis e tristes. Ambos gostavam de livros e de esporte e, além disso, Peter tinha tentado salvar sua vida!

Irene lutava para afastar as imagens do professor que se colavam em sua mente quando baixava a guarda. Acima de tudo, não queria fazer papel de boba. Uma vozinha interior ficava lhe dizendo que ela não era assim tão bonita e interessante, e ela não queria sofrer o duro golpe de ser desprezada outra vez.

Hugues era seu professor, tinha mais de trinta anos, e ela, uma garota de dezesseis, não tinha a menor possibilidade de despertar o interesse dele. O melhor era se fechar como uma ostra em sua concha e não revelar muito de si mesma.

Às vezes, porém, outra vozinha insistia em lhe dizer que ela deixasse de lado o medo. Peter estava perdendo boa parte de seu tempo para se dedicar a ela e, talvez, ele a considerasse uma pessoa especial. A luta entre as duas vozes a deixava atordoada, por isso, naquela tarde decidiu se concentrar mais no trabalho e abandonar aquelas ideias extravagantes.

A biblioteca ficava no subterrâneo do colégio e para chegar lá era preciso descer uma escada estreita de madeira. Todas as semanas, o pessoal da limpeza encerava os degraus com tanto afinco que não era raro um ou outro aluno que se aventurava a descer por ali escorregar de forma bastante perigosa.

Irene passou pelas pesadas portas do aposento e avistou o bibliotecário atrás do balcão. À sua esquerda, tinham instalado computadores com grandes telas planas que contrastavam com o mobiliário antigo e exagerado. Josh, o jovem bibliotecário, conseguira implantar um sofisticado programa de informática, que transformara a procura pelos livros numa brincadeira de crianças.

Abriu um largo sorriso ao vê-lo. Simpatizava com o rapaz excêntrico e seu jeito desenvolto. Com os óculos de lentes grossas e o cabelo escuro, sempre despenteado, Josh estava ocupado passando o espanador em alguns livros mais antigos que tinha sob seus cuidados. Seus movimentos traçavam pequenos círculos em torno das prateleiras, como se ele estivesse executando uma estranha dança. Irene ficou imaginando o rapaz dançando diante da escola inteira, com o espanador em punho, no auditório do Saint Roberts.

Percebendo a sua presença, Josh interrompeu de súbito o ritual de limpeza.

— Ora, ora, vejam quem está aqui... Minha ratinha de biblioteca favorita! É uma honra voltar a vê-la – disse, inclinando a cabeça numa reverência. – E nada menos que duas vezes na mesma semana. Sabe, Irene, quem avisa amigo é: o seu caso está começando a me preocupar! Você deveria ler um pouco menos e procurar companhias mais edificantes, além dos livros.

— Não enche, Josh. É melhor voltar para o trabalho ou vão tirar sua bolsa de estudos.

O bibliotecário estava sempre implicando com ela, mas Irene o achava tão simpático que não se importava, e chegava até, apesar da timidez, a brincar com ele também.

Josh trabalhava como bolsista na biblioteca, no turno da tarde. Dava para perceber que ele adorava ficar ali. Era apaixonado pelos livros e tinha o maior prazer em arrumá-los, cuidar deles, tocá-los.

Irene achava impressionante ver aquele rapaz despenteado, sempre de preto, passar as horas de folga lendo Franz Kafka e acariciando as lombadas encadernadas em couro dos livros mais antigos como se fossem animais de estimação. Ele parecia muito mais um *geek*, daqueles que se dedicam a piratear sites do governo ou a criar jogos complicadíssimos no computador.

— Tome, vim devolver Murakami.

— Obrigado, não sei como consegui ficar tantos dias sem ele. Pena que tenha deixado de escrever romances de amor como este. É maravilhoso! Já leu *Norwegian Wood*?

Antes que Irene pudesse responder, Josh desandou a comentar atropeladamente a bibliografia completa do autor japonês, repetindo a "palestra" que já tinha feito no dia em que ela viera pegar o livro.

Irene não conseguiu conter um bocejo.

— Pelo visto, estou enchendo seu saco. Mas aposto que você não sabe que Murakami gosta de correr, como você.

Ali estava uma informação que lhe pareceu curiosa. Irene apoiou os cotovelos no balcão e se dispôs a ouvir o rapaz com mais atenção.

– Pouco tempo atrás, ele escreveu um livro sobre suas experiências como corredor e romancista. Chama-se *Do que eu falo quando eu falo de corrida*. Acho que pode lhe interessar, porque já vi você treinando na pista de atletismo.

Irene lembrou-se de que também já o tinha visto algumas vezes vagando pelas arquibancadas com um livro nas mãos e o iPod ligado.

– E o que a corrida tem a ver com escrever um romance?

– Muita coisa, Ratinha. Numa corrida de longa distância, o pior adversário de um corredor é ele mesmo, não é? Pois escrever também é um "esporte" tremendamente individual. Murakami diz que o verdadeiro escritor não se motiva com coisas externas, como ganhar um prêmio, vender milhões de exemplares ou conseguir uma boa crítica. Sua motivação é chegar a escrever com a qualidade e a autenticidade que estabeleceu como meta pessoal. Como você pode ver, são coisas equivalentes... Você corre porque quer superar a si mesma. Estou enganado?

Irene não sabia por que corria. Basicamente corria porque Hugues impusera, mas pouco a pouco, porém, vinha percebendo que os treinos adquiriam importância em sua vida. Era algo que lhe fazia muito bem e a ajudava a se acalmar. Correr estava virando sua vitamina diária, um espaço só seu, onde se sentia livre e leve. Só seus pés ficavam em contato com o solo, enquanto sua mente voava para longe de tudo, até penetrar num vazio confortável, onde nada nem ninguém conseguia feri-la. Nem o divórcio dos pais, nem a distância que a separava dos amigos e da família, nem a desilusão amorosa causada por Liam.

— E o que mais diz o mestre Murakami? — indagou, esquivando-se à pergunta do rapaz. — Ele deve ter ótimas ideias quando corre.

— Nada disso. Pelo que diz, ele corre para estar sozinho e esvaziar a mente. Os pensamentos que surgem em sua cabeça quando está correndo são nuvens num céu de verão. Vêm e vão como convidados que dão apenas uma passadinha numa festa. Só o céu permanece inalterado.

Impressionada com as palavras de Josh, com as quais se identificava inteiramente, Irene se rendeu:

— Ok, você me convenceu. Vou levar o livro.

Josh tirou o volume de debaixo do balcão, como se o tivesse reservado ali com antecedência, e o entregou, fazendo uma graciosa reverência, que o deixou ainda mais descabelado. Depois tentou convencê-la a levar outros livros que havia separado "especialmente para ela".

Irene recusou, rindo, ao ver que a pilha tinha bem uma dúzia deles. Mas prometeu que ia aceitar suas indicações e que, da próxima vez, traria uma sacola, ou melhor, um carrinho de mão para poder transportar todos aqueles exemplares.

∞

Quando entrou no quarto, sentiu um cheiro forte de perfume. Depois, detrás da porta do banheiro, ouviu alguma coisa metálica cair no chão, seguida de uma exclamação aborrecida. Deduziu que Martha já estava ali e fez uma careta ao ver a montanha de roupas espalhadas em cima de sua cama e da escrivaninha que as duas dividiam.

Martha também a ouviu chegar e soltou um de seus gorjeios de passarinho, garantindo que não demoraria a sair.

Diante disso, Irene mal pôde conter um muxoxo. Era evidente que a outra tinha se vestido "para matar". Normalmente, quando tinha de se arrumar, não era lá muito elegante. Desta vez, porém, havia se superado. Sua roupa lembrava a das turistas que desfilavam pelas discotecas da Costa Brava.

Estava usando um vestido preto muito curto e brilhante, com um decote impressionante, acentuado por um sutiã *push-up*, que levantava tudo, deixando pouquíssimos centímetros de pele reservados à imaginação. Nos pés, sandálias de salto abertas, mais apropriadas para um verão do Mediterrâneo que para o frio da Cornualha. E, é claro, usava as tais sandálias sem meias.

Prendera o cabelo comprido e louro num coque muito elaborado, que lembrava vagamente os de Amy Winehouse.

A maquiagem e os acessórios não ficavam atrás. Martha estava pintada como se tivesse colocado uma camada de reboco no rosto, com sombra e rímel de um azul berrante como seus olhos. Um vermelho chamejante cobria seus lábios finos e, como se não bastasse, tinha enfiado todas as pulseiras, colares e anéis de seu porta-joias. Uma tiara larga de *strass*, que brilhava meio escondida em seu penteado, completava o *look*.

– E aí? Estou sexy? – perguntou, orgulhosa, dando uma voltinha.

Superando o impacto daquele espetáculo, sua colega de quarto disse que sim com uma veemência exagerada. Depois, tirou o casaco e começou a esvaziar a escrivaninha antes de se sentar para fazer os deveres.

– Ficou maluca? Nada disso! Largue já esses livros insuportáveis e venha se vestir, temos pouco tempo.

Irene não estava entendendo nada. Não era permitido sair do colégio às quintas. A noite livre dos alunos era na sexta-feira. Então, por que Martha tinha se vestido como uma árvore de Natal?

– Pouco tempo para quê? Aonde é que você vai?

– Ah, *chérie*!

Alerta vermelho. Irene ficou assustada. Sabia que quando sua companheira de quarto começava a falar em língua estrangeira era sinal de problemas à vista. Logo teve a confirmação de seus temores:

– Tenho uma surpresinha para você... Vamos dar uma festa. Uma festa secreta!

Ao ver sua expressão alarmada, Martha explicou-lhe que tinha convidado só dois rapazes: "um para cada uma." Um pouco de diversão seria perfeito para ela esquecer Liam.

– Você anda com essa cara infeliz de tanto pensar nele – prosseguiu. – Precisa é de um pouco de diversão para... Como é mesmo que se diz? Para curar um amor...

– A dor de amor com outro amor se cura – emendou Irene, percebendo o calor que subia pelo seu rosto e o sangue que pulsava em suas têmporas. – Não estou precisando de sua ajuda, Martha. E você sabe muito bem que é proibido convidar pessoas para os quartos depois das oito da noite. Vamos nos meter numa tremenda roubada!

– Não seja tão certinha. Presta atenção: encontrei um garoto maravilhoso para você. Vai ficar encantada! Tenho certeza de que vão se entender às mil maravilhas. E não tenha medo, ninguém vai ficar sabendo, vamos pôr a música bem baixinho.

Começou então a ignorar as objeções de Irene, que percebia como estava perdendo o controle da situação, enquanto sua colega de quarto ficava andando de um lado para o outro, recolhendo roupas e sapatos cafonas.

De repente, estava diante do espelho de corpo inteiro, tentando se esquivar, horrorizada, das tentativas que Martha fazia para vesti-la com um de seus modelitos de festa brilhantes e muito justos.

A inglesa tinha colocado uma música de sua banda favorita, Muse, e, enquanto os acordes de "Supermassive Black Hole" enchiam o quarto, Irene tratou de adivinhar quem poderiam ser os convidados surpresa da tal festa. A outra se negava a revelar o que quer que fosse e insistia em dizer que só tinham quinze minutos para se arrumar, antes que os rapazes chegassem com as bebidas.

– Olhe, roubei isso da cozinha – disse, apontando para uma bandeja com uns bolinhos de aspecto duvidoso.

Depois de várias tentativas, Irene fincou pé e escolheu um vestido preto vaporoso, que lhe caía bem, mas era bastante discreto, batendo pouco acima dos joelhos. Martha lhe emprestou um pingente em forma de coração, e as duas chegaram a um acordo com relação à maquiagem.

– Você tem uns olhos lindos, mas não tira vantagem deles. Deixe que eu cuido disso.

Irene concordou, mas substituiu o batom berrante que Martha lhe propôs por um suave brilho rosado.

Tinha deixado o cabelo solto, e ele lhe caía graciosamente nos ombros, formando ondas delicadas, que emolduravam seu rosto triangular. Martha tinha feito um risco preto fininho sobre os olhos castanhos, acentuando-lhes a forma felina e dando destaque aos cílios espessos.

Completavam o conjunto sapatilhas pretas – Irene detestava saltos altos – que eram, ao mesmo tempo, confortáveis e elegantes.

Martha ficou espantada:

– Você está incrível! Poderia mostrar um pouco mais de pele, mas... Vai fazer o maior sucesso! Precisa abandonar de vez os moletons e as calças largas. Você fica muito mais bonita assim.

Umas batidinhas na porta interromperam a conversa das duas. Martha pôs um pouco mais de perfume no decote, ajeitou o cabelo que caía na testa da amiga e comentou:

– Deve ser ele. Prepare o seu melhor sorriso!

Irene estava nervosa. De repente, sentia-se absolutamente ridícula, toda emperiquitada depois daquela sessão de moda à inglesa. Quando abriu a porta, teve que abafar uma expressão de surpresa.

Era Josh! Atônita, a moça deu um passo para trás.

O bibliotecário estava muito diferente sem os óculos de lentes grossas e com o cabelo penteado para trás. Irene jamais poderia imaginar que as camisetas velhas e o cabelo despenteado escondiam um rosto lindo, de traços delicados e femininos.

Enrubesceu ao pensar que passaria a noite inteira ao lado dele, servindo de acompanhante para Martha e sua nova paquera.

O rapaz começou a rir quando a viu:

– Irene? Não sabia que as ratinhas de biblioteca organizavam festinhas clandestinas...

Martha, incomodada com a familiaridade dos dois, passou um braço pelos ombros do bibliotecário, puxando-o para si com um gesto possessivo. Deu-lhe um beijo rápido na boca, deixando claro que Josh era território proibido para Irene.

A moça ficou confusa. Então, quem ia ser o seu par?

Três batidas na porta do quarto lhe disseram que estava prestes a saber a resposta.

7. A CHAVE DA PORTA ERRADA

Martha estava tão entretida rebolando diante de Josh que não percebia mais nada, por isso Irene é quem teve de abrir a porta. Seu coração batia a mil por hora só de pensar no tal garoto supostamente perfeito que sua colega de quarto tinha encontrado para ela. Era a primeira vez que se via em um encontro duplo, mas, pelas histórias que lhe contaram, sabia que aquele tipo de experiência nunca acabava bem.

Da apreensão passou direto ao aborrecimento ao ver parado ali o último convidado que esperava encontrar naquela maldita festa. Definitivamente, Martha não tinha mau gosto apenas para as roupas e para a maquiagem, seu gosto também era péssimo na hora de escolher um par para as amigas.

Era Marcelo, o chato da pista de atletismo que a perseguia o tempo todo, insistindo para que fizesse alongamentos.

Instintivamente, pensou em bater a porta na cara do rapaz, mas, com dois passos rápidos, ele entrou no quarto. Estava vestido como se tivesse acabado de sair do chuveiro depois de um treinamento, usando um conjunto de moletom cinza, que não tinha nada a ver com a ocasião, tênis de corrida, e tinha repartido do lado o cabelo castanho ainda úmido. Segurava um buquê de flores como se fosse dinamite prestes a explodir e Irene supôs que eram para ela.

— Você está linda — disse ele, entregando-lhe aquele presente *démodé*. — Trouxe isto para você.

— Obrigada, não precisava.

Depois dessas poucas palavras, os dois ficaram mudos, parados no meio do quarto.

Irene estava furiosa por Martha tê-la metido numa enrascada como aquela. Então, aquele era o maravilhoso acompanhante que ia fazê-la esquecer suas dores de amor? Não conhecia ninguém mais sem graça. Já achava o rapaz insuportável na pista e agora teria que aguentá-lo em seu próprio quarto.

Marcelo, por sua vez, não sabia o que fazer. Josh o tinha convidado para aquela festa sem dar muitos detalhes. Embora não lhe agradasse a ideia de passar a noite em claro, ficou tentado pela possibilidade de conhecer melhor a garota misteriosa que passava o dia inteiro correndo como louca. Mas tinha algo errado. Ela estava furiosa e parecia enojada com a sua ideia romântica de lhe levar flores.

Enquanto Martha agarrava-se a Josh como um molusco, ele observava tudo com um sorriso cínico e Irene maldizia a própria sorte. Aquela noite ia ser longa, e ela tinha se dado muito mal no que dizia respeito à sua companhia. Seu "par perfeito" lhe trouxe uma taça de um espumante que tinha um gosto horrível, mas ela se agarrou àquela bebida como a uma tábua de salvação.

Marcelo a seguia pelo quarto como um cachorrinho perdido, atento a todos os seus desejos, e sem se atrever a falar muito para não contrariá-la. Depois de encher a taça pela segunda vez e ao ver um velho livro sobre a escrivaninha, o rapaz achou que aquela era a oportunidade ideal para começar uma conversa.

— Você está lendo *Orgulho e preconceito*, de Jane Austen?

— Estou, é para um trabalho.

– Ouvi dizer que você está estudando alguma coisa especial com Byron, é verdade?

– Não chame ele assim, o nome dele é Peter Hugues – disse Irene secamente, sem responder à pergunta que ele fizera.

– Bom, todo mundo por aqui o chama de Byron por causa do jeito romântico e atormentado que ele tem. Mas concordo com você, esse apelido não tem nada a ver. Ele é um cara tranquilo e formal, bem diferente do poeta romântico. Sabia que Lord Byron levou um urso para o dormitório em que vivia quando estudava em Cambridge?

Irene negou com um aceno de cabeça. Estava de saco cheio daquela conversa sem sentido. Intuía que as leituras do rapaz de roupa esportiva se limitavam às páginas de esporte, embora ele tentasse impressioná-la com historinhas literárias pescadas na Wikipédia.

Para desanimá-lo, começou a responder por monossílabos, até que Marcelo, frustrado, resolveu mudar de assunto:

– Andei pensando nos seus treinos e tive uma ideia que pode ajudá-la a melhorar o seu tempo. Que tal eu ser o seu coelho?

– O que é isso? Alguma tradição inglesa esquisita?

– Eu correria à sua frente, e você tentaria me alcançar. Assim vai conseguir um ritmo próximo ao meu. Está provado que o tempo dos atletas melhora muito depressa com esse método.

– Obrigada, mas prefiro continuar correndo sozinha.

– Pense no assunto – insistiu ele, sem desanimar. – Não me importo de ser o seu coelho. Quer um bolinho?

Pegou um doce de creme na bandeja, mas deu azar: o bolinho escorregou de sua mão e foi mergulhar na taça de Irene. Formou-se um pequeno tsunami de champanhe barato, que inundou seu decote e o vestido emprestado.

– Meu Deus, desculpe-me...

Furiosa, Irene desvencilhou-se das tentativas desajeitadas que o rapaz fazia para limpar as manchas. Depois de se enxugar com vários guardanapos de papel, a moça voltou os olhos para a colega de quarto para não ter de continuar falando com aquele desastrado.

Martha tinha reduzido as luzes. A música agora soava alto ali no quarto, embora ela tivesse prometido não fazer confusão para que não fossem descobertas, coisa que Irene quase desejava para pôr fim àquela tortura. Continuavam ouvindo Muse, mas era uma música mais lenta, "I Belong To You", o que deu à inglesa a desculpa perfeita para dançar com Josh. Ele a segurou pela cintura com delicadeza, e ela colou os quadris nos dele com um gesto decidido. Depois colocou as mãos no peito do rapaz e começou a acariciá-lo, beijando-o lenta e profundamente.

Constrangida, Irene se remexeu na cama que lhes servia de sofá.

"E agora?", pensou. "Será que Marcelo e ela também tinham que começar a se agarrar?"

Parecendo ler seus pensamentos, o rapaz chegou um pouco mais perto. Sem se atrever a fitá-la, como se não soubesse muito bem o que devia fazer, deixou cair a mão de mansinho sobre o joelho da moça, parando ali por um instante como uma folha morta.

Espantada e incrédula, Irene viu aquela mão começar uma subida cautelosa por baixo de sua saia, parando na metade da coxa. Podia sentir cada um dos dedos tateando sua pele através das meias.

Indignada, depois de se recuperar do atordoamento inicial, levantou-se como se fosse impulsionada por uma mola e saiu correndo para o hall da escada.

∞

– Esse espumante é um horror, eu também estava precisando de um pouco de ar. Quer que eu traga o seu casaco? Vai acabar pegando uma pneumonia com esse vestido.

Seu insistente acompanhante a tinha seguido até a escada do dormitório e foi se sentar a seu lado. O tom vermelho que coloria suas bochechas inglesas revelava que ele não estava nada orgulhoso do que tinha feito minutos atrás, e agora tentava mostrar uma versão melhorada de si mesmo.

Irene estava morrendo de frio e com os nervos à flor da pele. Já não aguentava mais aquele simulacro de encontro romântico, mas Marcelo estava decidido a ignorar os seus silêncios.

– Que noite maravilhosa! Veja quantas estrelas! Daqui a um mês, com o solstício de inverno, vai chegar a época perfeita para contemplá-las. Meus pais têm um sítio na península de Lizard, ao sul da Cornualha. Antes de se mudaram para a Austrália, organizávamos ali todo ano nossa "noite das estrelas". Você sabia que The Lizard é o ponto mais ao sul de toda Grã-Bretanha? E tem esse nome porque a região lembra um rabo de lagartixa, "lizard" em inglês.

– Chega, Marcelo! – suplicou Irene, quase chorando. – Não estou interessada em estrelas, nem em geografia, nem... Você não percebe que isso não vai funcionar? Quero ficar sozinha, por favor.

Apesar da escuridão, deu para ver que o rosto de Marcelo ficou sombrio e, em seguida, ruborizado. Muito envergonhado, o rapaz se despediu erguendo suavemente a mão, enquanto se levantava para ir embora. Afastou-se andando a passos largos e rápidos em direção ao alojamento masculino.

Irene ficou olhando, sentindo uma súbita pena do garoto. Arrependeu-se na mesma hora por ter sido tão dura com ele. Marcelo tinha feito o maior esforço para agradá-la, mas ela não suportava as situações em que precisava representar um papel que não escolhera. Não gostava de se deparar com o roteiro já pronto, muito menos quando se tratava de garotos. "O amor prega umas peças de muito mau gosto", pensou. Por que todo mundo parecia ter a chave da porta errada?

Voltou para o corredor decidida a expulsar o casalzinho feliz e dormir, mas a porta do quarto estava trancada. A música tinha acabado e o que se ouvia agora eram uns gemidos baixos e inequívocos.

Ao perceber que a amiga tinha conseguido, enfim, o que procurara durante toda a noite, deu um suspiro resignada e sentou no chão com as costas encostadas na parede. Cruzando as pernas e esfregando as mãos para se esquentar, Irene pensou que, se não morresse de frio, na manhã seguinte Martha ia conhecer a fúria mediterrânea desenfreada.

8. Orgulho e preconceito

Na sexta de manhã, Irene e sua colega de quarto foram juntas à aula. Martha estava nas nuvens depois da noite de amor com Josh, e por mais que Irene tentasse brigar com ela e fazê-la entender que era um absurdo expulsar alguém do próprio quarto no meio da noite, a inglesinha não lhe dava atenção.

Depois de arrancar-lhe uma vaga promessa de que aquilo não voltaria a acontecer e de que ela nunca mais bancaria a casamenteira, Irene teve que se dar por vencida. Naquela manhã, não conseguiria tirar mais nada da outra.

A srta. Wood, professora de literatura, entrou na sala com seu andar apressado e um de seus vestidos de lã em cor pastel. Como sempre, vinha carregada de livros e ficou na ponta dos pés para escrever no quadro o tema do dia.

As sextas eram dedicadas a longas aulas sobre autores ou épocas literárias. Irene ficou satisfeita ao ver que, naquele dia, iam trabalhar sobre Jane Austen e sua obra mais conhecida, *Orgulho e preconceito*. Tinha justamente terminado de ler esse livro e não seria nada mal conseguir mais informações para o seu trabalho.

Enquanto a professora se preparava para despejar sobre eles mais uma de suas aulas magistrais, Martha bocejava descaradamente.

– Vamos, meninos. Abram seus livros... e seus corações – disse encantada, enrubescendo ligeiramente. – Hoje vamos falar de um dos maiores romances românticos já escritos. Antes, porém, vamos conhecer sua autora, Jane Austen. Martha, por favor, leia a biografia na página 146.

Mergulhada como estava em seu próprio universo romântico, Martha nem ouviu o pedido da professora. Irene se viu obrigada a lhe dar um sonoro tapa no ombro para despertá-la.

– Ande, leia!

– Jane Austen. Romancista britânica, nascida em 1775, em Steventon, Grã-Bretanha, e falecida em Winchester, em 1817. Era a sétima filha de uma família de oito irmãos. Foi educada em casa por seu pai, um pastor protestante, e sua vida em pleno campo inglês transcorreu placidamente sem grandes acontecimentos que...

Irene achou um abuso o biógrafo afirmar que a vida da escritora havia transcorrido "sem grandes acontecimentos". E o que se passa na mente de uma pessoa não conta?

Pelo que sabia, em função de suas pesquisas na biblioteca, Jane tinha se apaixonado várias vezes, embora, por um motivo ou por outro, não tenha chegado a se casar. Na verdade, o casamento é um dos temas centrais da maioria de seus romances. E não deve ter sido nada fácil ser uma mulher solteira com inquietações artísticas numa época em que a aspiração máxima para uma menina era se casar, pensou Irene.

Martha prosseguiu recitando com voz sonolenta os detalhes históricos sobre a escritora. Austen viveu numa fase de mudanças que impulsionava o mundo rumo à modernidade, como, por exemplo, a abolição da escravidão, mas seus romances estavam centrados no ambiente simples que sempre a rodeou.

— Obrigada, Martha, agora vamos ler uns capítulos da obra. Como vocês sabem, *Orgulho e preconceito* narra os amores de Elizabeth Bennet e Mark Darcy. Este último é um cavalheiro rico e distinto, que resiste aos sentimentos que experimenta por Lizzy, movido por um orgulho de classe social que o leva a não desejar uma aliança com uma vulgar família rural. Elizabeth, por sua vez, considera-o um homem orgulhoso e mesquinho, indigno de qualquer sentimento. Veremos como esses dois conseguem superar as dificuldades. Desde já fiquem sabendo que o romance acaba bem. Vamos, página onze! – exclamou, entusiasmada.

Um suspiro de enfado coletivo se espalhou pela sala. As aulas da sexta-feira eram particularmente penosas, com todas as alegrias e os planos para o fim de semana logo ali, à espera de todos.

Irene foi acompanhando com o dedo os trechos que a professora indicava com sua voz aguda. Curiosamente a edição que Peter Hugues tinha lhe emprestado também estava cheia de comentários manuscritos, feitos pelos mesmos leitores enigmáticos que a ajudaram a entender melhor Murakami.

Agora, o leitor da caneta se limitava a sublinhar alguns parágrafos e pôr nas margens pontos de interrogação ou de exclamação. Irene se identificava com ele e tinha a impressão de se conectar com o fio de suas ideias através daquelas observações tão simples. Quando ele sublinhava, ela não podia deixar de admirar algum diálogo ou ideia notável que talvez tivesse lhe passado despercebido sem a sua ajuda.

Já o leitor do lápis continuava fazendo aquelas observações misteriosas, que deixavam a moça tão intrigada. Tinha quase certeza de que se tratava de um aluno do Saint Roberts. Talvez até estivesse sentado perto dela naquele momento, sem fazer ideia de que ela estava lendo suas anotações.

Algumas a faziam rir:

Personagens inesquecíveis. Linguagem contida. Como diabo podiam saber o que um sentia pelo outro se não trocavam mais cumprimentos corteses? Se algum dia eu viajar na máquina do tempo, preciso lembrar que NÃO quero viver na Inglaterra na época de Jane Austen.

Outras, como a da última página do romance, a deixavam com vontade de conhecer o seu autor:

E quem quiser que conte outra... no fim, o amor triunfa. Por que será que o "para sempre" saiu de moda? Se algum dia eu viajar na máquina do tempo, preciso lembrar que quero SIM viver na Inglaterra na época de Jane Austen.

Irene sorriu involuntariamente ao reler aquele último comentário. Ficou se imaginando em fins do século XVIII, num baile como aqueles narrados por Jane Austen em seus livros, vestida de sedas e tules e cercada pela luz mágica de cinquenta candelabros de prata. Algum cavalheiro distinto, seu Mark Darcy particular, viria tirá-la para dançar, e ela voaria em seus braços pelo salão. O cavalheiro era alto e magro, tinha olhos azuis de um tom pálido e melancólico e o cabelo castanho-claro ondulado estava salpicado de alguns fios grisalhos. Os dois se fitariam, reconhecendo-se, e perderiam de vista o mundo exterior, enquanto rodavam e rodavam pela pista de dança.

Se alguma vez fosse possível viajar na máquina do tempo, Irene tinha certeza de que, para ela, aquela seria uma parada obrigatória. Parecia-lhe o lugar ideal para um espírito contido e sonhador como o seu.

Além disso, seria incrível conhecer Jane Austen. Aprendera a gostar daquela escritora que a fizera perceber que, como os protagonistas do romance, ela também se deixava levar por seu orgulho e seus preconceitos.

Irene admitiu que aqueles podiam ser dois obstáculos que a impediam de se abrir para os outros, não apenas para Peter Hugues. Com razão chamavam-na de forasteira: não era só porque vinha de outro país, mas também porque se empenhava em construir um muro de pedra maciço que a isolava de todos. O cimento que o mantinha de pé era o medo de ser magoada, embora não desejasse mais que isso lhe servisse de desculpa. E não haviam sido os seus preconceitos que a levaram a ferir Marcelo gratuitamente? Agora estava profundamente arrependida das palavras frias que lhe dirigira ao pé da escada.

A voz da srta. Wood, que continuava lendo entusiasmada os diálogos entre Elizabeth Bennet e Mark Darcy, veio tirá-la de seus devaneios:

– Chegou a hora do debate, meninos. Um de vocês terá que defender que *Orgulho e preconceito* é um romance atual e justificar seus argumentos. Outro defenderá o ponto de vista contrário e depois votaremos na melhor exposição. Voluntários?

O silêncio que se espalhou pela sala podia ser cortado com uma faca. Todos ficaram de cabeça baixa, olhando atentamente um ponto entre o chão e as carteiras.

– Bom, então eu vou escolher – disse a professora, com uma risadinha ridícula. – Sarah, você será contra. E Irene, a favor.

A forasteira ficou vermelha até as orelhas. Tinha verdadeiro pavor de falar em público. Ficava com as pernas trêmulas, a voz lhe falhava e no fim não conseguia dizer nada coerente. Que azar! Sentiu a garganta secar imediatamente e as mãos ficarem úmidas. Tratou de tomar notas, enquanto Sarah, uma menina simpática e discreta, falava:

– *Orgulho e preconceito* é um romance conservador e completamente ultrapassado. Jane Austen limita-se a descrever a realidade de sua época sem questioná-la. O único destino válido para uma mulher em fins do século XVIII era se casar. Isso o romance descreve muito bem, mas nenhuma das protagonistas se rebela. Na verdade, o final feliz com as irmãs Bennet casadas com seus príncipes encantados é a prova de que a escritora admite aquela realidade, sem buscar alternativas. Portanto, acredito que o livro não tem nada de atual, pois, por sorte, a vida das mulheres no século XXI é bem diferente.

Ouviram-se sussurros e aprovações em voz baixa, especialmente por parte das meninas.

Chegou então a vez de Irene. Ela ficou de pé diante da própria carteira, balbuciando, e tratou de rebater, sem muito êxito, os contundentes argumentos apresentados por Sarah. Enquanto manuseava o livro toda nervosa, lembrou-se do comentário do leitor enigmático sobre o triunfo do amor.

– Concordo que o romance pode parecer conservador, mas acredito que se o lermos com atenção vamos ver que a ironia da autora é sua arma, sua forma de se rebelar. Vejam a primeira frase:

É verdade universalmente admitida que um homem solteiro, possuidor de uma boa fortuna, deve estar precisando de uma esposa.

– Acho que, aqui, Jane está rindo sutilmente daqueles que dizem "grandes verdades" – prosseguiu – e também da época em que lhe coube viver. É uma declaração de princípios disfarçada. Além disso, *Orgulho e preconceito* não está fora de moda, porque fala de sentimentos universais, que todos reconhecemos. A vergonha de sentir que não nos encaixamos no mundo do outro porque nos julgamos inferiores ou diferentes, os mal-entendidos que surgem quando interpretamos os sentimentos dos outros e principalmente o triunfo do amor em maiúscula, capaz de vencer todos os obstáculos. É verdade que hoje vivemos o dia a dia e que o que está na moda é o momentâneo, o efêmero, mas esse amor continua existindo... Tem de continuar existindo!

Irene pronunciou aquela última frase num tom quase de súplica. Tinha se empolgado e agora metade da turma a fitava de boca aberta. A srta. Wood a aplaudiu com a ponta dos dedos e lhe deu parabéns pela brilhante exposição.

Irene voltou a se sentar, ainda trêmula, e quase de imediato sentiu uma sensação estranha na nuca. Instintivamente, virou a cabeça para ver o que era. Seu olhar encontrou o de Liam, que estava muito pálido e a observava com olhos brilhantes.

9. O Dog & Bone

Chegou a noite de sexta-feira. Irene contemplou a própria imagem no vidro da porta do alojamento, enquanto andava para cima e para baixo pelo espaço estreito que fazia as vezes de hall de entrada.

Tinha se arrumado daquele seu jeito cuidado e informal, com jeans escuro e uma camiseta de seda lilás roubada do armário de Martha num momento de inspiração. Ela combinava com o casaco de couro bordô que seu pai lhe dera no último Natal.

Nervosa, ajeitou o cabelo, que tinha prendido num coque baixo, com uns fios soltos dos lados e na nuca. Antes de sair, lembrou-se dos conselhos de moda de sua colega de quarto e pintou, embora discretamente, os olhos e os lábios. Olhou pela última vez para aquele espelho improvisado, alisou uma prega imaginária da blusa e aprovou o que viu. Estava bonita, mas também discreta, o que era exatamente o efeito que pretendia. Não queria dar a entender que tinha passado tempo demais se arrumando.

Umas duas horas antes, quando voltava da corrida, encontrou Peter Hugues saindo da biblioteca. Ele estava animado e a felicitou efusivamente pela exposição na aula de literatura. Pelo visto, a srta. Wood tinha mencionado o assunto na sala dos professores e ele ficou orgulhoso.

Perguntou se ela gostaria de beber alguma coisa para comemorar o sucesso da gramática do amor, e quando Irene deu por si já tinham combinado um jantar informal no *pub*.

Irene sabia que aquela saída não passava de uma gentileza do professor, que queria premiá-la por sua dedicação ao trabalho. Não era incomum que de vez em quando alunos e professores se encontrassem para ir ao cinema ou ao teatro. Mas não podia evitar aquela sensação já familiar que se instalara em seu estômago ao pensar que passariam horas juntos, só os dois.

É claro que o sonho que teve noites atrás não a ajudava em nada a manter a calma.

Resolveu não pensar nisso e decidiu curtir o jantar, deixar de lado a timidez e, uma vez na vida, não meter os pés pelas mãos fazendo perguntas impertinentes.

O ruído suave de um motor ecoou nas paredes do alojamento. O professor estava ao volante de um Jaguar antigo, muito elegante, de formas arredondadas, num lindo tom de bronze.

Irene cumprimentou-o timidamente com um gesto, enquanto corria para a porta do lado do carona, que Hugues abrira por dentro. O interior do carro tinha cheiro de couro e daquela mistura de caramelo e madeira queimada da loção pós-barba que ele usava e que ela já reconhecia.

Ele a recebeu com um sorriso sincero.

– Achei melhor vir de carro. O *pub* não fica longe, mas parece que vai chover.

– Ótimo, faz séculos que não ando de carro. Ele é incrível... – disse Irene, um tanto intimidada.

— Na verdade, é uma velharia. Mas tenho o maior carinho por ele porque foi presente do meu pai quando fiz dezoito anos. Sim, mas... aonde a senhorita deseja ir hoje?
— Ao *pub* Dog & Bone, por favor.
— Seus desejos são ordens para mim. Vamos lá.

De imediato Irene se sentiu à vontade com aquele tom de sexta-feira à noite, informal e divertido, que Hugues havia adotado com ela. Teve apenas um instante de hesitação, impressionada com a súbita intimidade que se instalou entre ela e seu professor num espaço tão reduzido. Percebeu que estava olhando fixamente para as mãos dele, fitando com atenção os dedos largos, cobertos por uma penugem dourada e suave, que seguravam o volante com firmeza.

Engoliu em seco e se obrigou a olhar para a frente, enquanto ele seguia pela estrada cheia de curvas, que separava o colégio da aldeia, sempre falando, animado:

— Viu? Eu não disse? Já está começando a chover. Está com fome? Estou morrendo de vontade de comer um bom filé, mas, conhecendo os nossos amigos do Dog & Bone, garanto que esta noite também vão servir peixe — acrescentou, rindo. — Quer ouvir um pouco de música?

Sem esperar resposta, Hugues ligou o som do carro e pôs um CD.

Irene ficou espantada ao reconhecer The XX, uma banda alternativa de punk-rock que estava na moda e que ultimamente Martha vinha alternando com sua outra obsessão, o Muse.

— Gosta dessa banda?
— Gosto, ouço o tempo todo. Quem me falou dela foi um amigo que estudou na mesma escola de música que os vocalistas, a Elliott School. O lugar é uma mina de talento. Dali saíram bandas inglesas incríveis.

– Não imaginava que se interessasse por esse tipo de música, professor Hugues.

– Pode me chamar de Peter. Claro que gosto. Não sou tão velho assim! Se bem que essa banda faz uma música tão elaborada, aparentemente tão simples, mas que, na realidade, tem algo de clássico. E você, gosta?

– Muito. Martha está sempre ouvindo as músicas deles.

– Ah, sei, Martha Davis, sua colega de quarto. Vocês se dão bem?

– Nos damos, sim, mas acho que ainda não fiz nenhuma amizade verdadeira no Saint Roberts, professor... Peter. Continuo em contato com minhas amigas de Barcelona, mas já não é a mesma coisa. Lá eu também não era a menina mais popular do colégio, mas conhecia duas delas desde o jardim de infância. Tenho saudade!

– Seria uma grande honra para mim que você me considerasse um amigo, Irene – disse o professor, depois de uma breve pausa. – Sempre que precisar, pode falar comigo, seja do que for.

– Obrigada, o senhor... você é muito gentil.

Ela o fitou, comovida. Peter tinha o cenho franzido, concentrado na estrada, que estava mais escura que de costume por causa da chuva. Sua mão direita estava apoiada descontraidamente no câmbio e seus dedos tamborilavam ao ritmo de "Islands".

I don't have to leave anymore
What I have is right here
Spent my nights and days before
Searching the world for what's right here

Underneath and unexplored
Islands and cities I have looked
Here I saw
Something I couldn't overlook

I am yours now
So now I don't ever have to leave
I've been found out
So now I'll never explore*

Irene desejou que o tempo parasse para ela ficar contemplando aquele perfil durante horas, mas, para seu azar, o trajeto até o Dog & Bone era curto. O Jaguar parou bem diante da porta com um ronronar de grande felino.

Ao entrar no *pub*, sacudiram a chuva das roupas e dos cabelos. Peter Hugues cumprimentou com familiaridade o sr. Ward, um homem gorducho e atarracado que era o proprietário do lugar. Este, sem sair de trás do balcão, mostrou-lhes uma mesa que ficava do lado oposto à porta.

O jovem professor já tinha se acostumado ao ambiente decadente do local e quase nem o notava. Irene continuava intrigada com aquela decoração entulhada, com aquele monte de fotos em preto e branco de barcos e portos, junto com todo tipo de quinquilharia relacionada à navegação.

No *pub* havia uma impressionante coleção de bússolas de todas as épocas e tamanhos. Douradas, prateadas, de madeira,

---

* Eu não tenho mais que partir/ O que eu tenho está bem aqui/ Passei meus dias e minhas noites/ Procurando o mundo que está bem aqui/ Sob a terra, inexploradas/ Ilhas e cidades contemplei/ Aqui eu vi/ Algo que eu não podia deixar de ver/ Sou sua agora/ Então nunca mais vou precisar partir/ Fui descoberta/ Então agora não vou mais explorar.

enferrujadas... Havia até uma feita com dentes de tubarão, como dizia uma pequena etiqueta explicativa. Umas estavam penduradas na parede, outras pendiam do teto, amarradas em linha de pesca. Até no banheiro havia algumas.

O cabide para os casacos era no formato de âncora. As mesas eram barris de madeira e o chão estava coberto por uma pátina bem suspeita de sujeira, mas o sr. Ward garantia que aquilo era salitre, já que as tábuas do assoalho provinham do esqueleto de um navio desmontado.

Em cima do balcão havia um assustador cachorrinho empalhado, branco com manchas pretas. Era o mascote do *pub*, Bones, que supostamente tinha pertencido ao avô do sr. Ward. Pelo que se dizia, o marinheiro o levava consigo para pescar todas as manhãs e era tão apegado ao animal que decidiu conservá-lo quando ele passou desta para melhor. Irene tinha calafrios só de vê-lo, mas tinha que admitir que ele não destoava em nada da atmosfera decadente, suja e escura da velha taberna.

Eram nove horas e o local estava animadíssimo, já que não havia nenhum outro lugar onde se pudesse tomar uma cerveja num raio de vários quilômetros. Irene tirou o casaco, surpreendida com o calor agradável que vinha da lareira próxima.

O sr. Ward deu uns tapinhas no ombro de Hugues, como se fossem velhos amigos.

– Bem-vindos ao Dog & Bone – disse, num falso tom de formalidade, preparando-se para anotar o pedido do casal. – O que gostariam de comer hoje?

– Bom, Ward, depende do que vocês tiverem. Surpreenda-nos!

– A torta de peixe está deliciosa. Foi feita de manhã pela minha mulher, seguindo uma receita de família. Temos também sopa de frutos do mar, ideal para combater o frio e a umidade. E, por fim, nossas célebres *jellied eels*!

As *jellied eels* eram uma estranha especialidade daquela região costeira, feita com gelatina e enguias, e não era indicada para qualquer paladar.

– O que acha, Irene? Que tal deixarmos as enguias para outra vez e pedirmos a sopa e a torta de peixe? Será que pelo menos ainda tem um pouco daquele *pudding* especial da casa, velho lobo?

– Claro que tem. Vou reservar um pedaço para vocês.

– Obrigada – disse Irene.

Ward tinha trazido dois copos de *real ale*, assumindo que era aquilo, e nenhuma outra coisa, que ambos queriam beber. Numa aldeia afastada como aquela, ninguém se preocupava muito com as regras que impediam a venda de bebida aos menores de idade. Além disso, para qualquer habitante da região, a *real ale* era apenas um refresco.

Peter Hugues ergueu sua caneca de cerâmica e fitou-a com o calor de seus olhos, agora azul-escuros por causa da luz.

– A você, Irene. Tenho certeza de que seu trabalho sobre Jane Austen vai me deixar boquiaberto.

– Vou tentar. Quanta pressão! – disse ela, brincando, antes de tomar um belo gole da bebida.

– Sei que é capaz de fazer isso e muito mais. Um brinde à gramática do amor e aos amores afortunados!

Ambos beberam, e a mão dele roçou a sua pele acidentalmente com a ponta dos dedos. Irene ficou toda vermelha e tratou de disfarçar tomando outro gole de sua *real ale*.

– E como vão os seus treinos? – perguntou Peter, aparentemente sem notar a perturbação dela.

– Acho que vão muito bem. Marcelo, um rapaz que corre na equipe de atletismo, está servindo de coelho para mim.

– Marcelo? – perguntou o professor, erguendo as sobrancelhas.

– Você o conhece?

Nesse instante a porta se abriu, deixando entrar uma rajada de ar gelado. A chama da vela que decorava a mesa vacilou, mas não chegou a apagar.

Instintivamente, Peter e Irene olharam para a porta. Liam acabava de chegar ao *pub* e se dirigia, decidido, à mesa deles.

10. Noite de caraoquê

Liam os cumprimentou com um sorriso maroto, sem soltar em momento algum as mãos das duas louras clonadas que o acompanhavam. Tinham um aspecto tipicamente inglês: eram pálidas, sardentas e rosadas. Estavam vestidas como se tivessem acabado de assaltar juntas a seção de festa de uma loja de departamentos e riam feito bobas, convencidas de que Liam era o garoto mais divertido da face da Terra.

Irene fitou-o. Estava chateada porque a presença do rapaz estragava o clima agradável da noite justo quando as coisas estavam ficando interessantes, mas não disse nada.

Tinham se passado duas semanas desde aquele encontro fracassado, e Irene se deu conta de que já não sentia nada por ele. Até as tais ruguinhas das comissuras dos seus lábios não lhe pareciam mais nem tão perfeitas nem tão encantadoras.

– Oi, Liam – cumprimentou Hugues.

– Você não diz nada, Irene? Minhas amigas querem conhecê-la. Ouviram dizer que você vai fundar uma espécie de associação em defesa do amor eterno. Abaixo essa história de ficar com alguém só por uma noite! É esse o seu lema, não? Elas não estavam acreditando, mas garanti que é verdade. Hoje mesmo na aula de literatura ouvi o seu discurso fundador. E já contei para elas, não é verdade, meninas?

As louras ficaram dando umas risadinhas idiotas.

– Pois eu hoje estava mesmo pensando em você, Liam – atalhou Peter. – Acontece que tenho em cima da minha mesa um bilhete para seus pais. Por duas vezes consecutivas você perdeu o prazo de entrega dos trabalhos e, como sabe, isso vai contra as normas. Se eu não receber todos os seus trabalhos atrasados na segunda bem cedo, mandarei esse bilhete, sem falta. E agora, se nos derem licença, íamos começar a jantar. Se eu fosse você, voltaria para casa agora mesmo para trabalhar. Tchau, meninas.

Uma das louras riu, um riso totalmente deslocado. Talvez estivesse surpresa por ver como Liam foi tão facilmente nocauteado. O rapaz, porém, a fulminou com os olhos. Puxou a outra pela mão e se dirigiu com as duas para uma mesa lá no fundo, nitidamente aborrecido.

– Você está bem, Irene? – perguntou Hugues, fitando-a com alguma preocupação.

– Estou, obrigada. Não foi nada. Acho que ele bebeu demais, só isso. A história do bilhete para os pais dele foi genial! Como teve essa ideia tão depressa?

– Mas é a pura verdade. Acho que Liam vai ter dificuldades para ser aprovado no meu curso, a menos que mude de atitude.

Antes que pudessem continuar a conversa, o sr. Ward apagou as luzes e um refletor possante iluminou de repente o pequeno estrado que servia de palco. De imediato ouviram-se assobios e aplausos, e todos os presentes, em uníssono, começaram a gritar um nome:

– Archie! Archie! Archie!

Um freguês que desempenhava a função de apresentador voluntário em todos os festejos do *pub* subiu no palco. Usava um paletó de *tweed* um tanto apertado, um colete de lã com uns botões enormes e uma calça de veludo marrom. Parecia pronto para participar de uma caça à raposa ou de uma competição de tiro ao prato. Mas, em vez disso, pegou uma trombeta, que imitava o ruído ensurdecedor de uma sirene de navio, e também o microfone. Em meio ao barulho ensurdecedor que se fez ali dentro, parecendo até que um transatlântico acabava de atracar no meio da sala, começou a gritar:

– Noite de caraoquê! Noite de caraoquê! Vejamos, que dia é hoje? Segunda?

O público respondeu em coro:

– Não!

– Terça à noite?

– Não!

– Quarta, então. Isso mesmo, é noite de quarta-feira.

– Não, Archie, não! – O público ia à loucura, e Archie continuava tocando a tal trombeta.

– Então me digam: que diabo de dia é hoje? Andem, digam!

– Sexta, Archie, sexta!

– É noite de caraoquê, a grande noite do caraoquê!

Irene estava morrendo de rir. Já tinha percebido que o chá, a cerveja e o caraoquê eram parte do folclore inglês e tinham praticamente a mesma importância. Apoiou o queixo nas mãos e os cotovelos na mesa, pronta para curtir aquele espetáculo.

Archie anunciou que aquela noite seria especial, já que o público poderia votar na melhor interpretação e haveria um prêmio surpresa para o ganhador. O *pub* quase veio abaixo com a ovação dos presentes.

Depois, começou o desfile de clientes que, microfone em punho, assassinaram os maiores sucessos da música pop dos últimos cinquenta anos. Os mais velhos escolhiam canções de

Elvis Presley, dos Beatles ou do ABBA. Os mais jovens, alguns deles colegas de Irene, cantavam qualquer coisa que lhes passasse pela frente, de Madonna a Spice Girls, passando por Fiona Apple com sua "Across the Universe", e até mesmo Enrique Iglesias.

Uma das louras insípidas de Liam subiu ao palco e escolheu, como não podia deixar de ser, "Rehab", de Amy Winehouse.

Peter, Irene e o restante do público mal podiam conter o riso diante daqueles miados desafinados. A pobre coitada não tinha noção de como cantava mal e continuava insistindo em dizer que não ia para a reabilitação, não, não e não, com voz fanhosa e inteiramente fora de compasso.

No meio de sua patética atuação, a loura ergueu a mão no ar num gesto dramático e, para o seu azar, o top que ela usava caiu literalmente, mostrando uns peitos bem mais sem graça sem o enchimento que lhes dava forma.

Como se não bastasse, seus amigos decidiram acompanhá-la e se entulharam no palco para cantar, aos berros, a versão mais patética que jamais se ouviu de "I Want to Break Free". Os três estavam tão bêbados que brigavam para segurar o microfone e não conseguiam acertar a letra.

Ouviram-se assobios e vaias, até que Archie os convidou a descer do palco. Então mandou subir uma menina morena que estava cantando a música "You're So Vain", de Carly Simon:

> *You walked into the party*
> *Like you were walking onto a yacht*
> *Your hat strategically dipped below one eye*
> *Your scarf it was apricot*
> *You had one eye in the mirror*

As you watched yourself gavotte
And all the girls dreamed that they'd be your partner
They'd be your partner, and

You're so vain
You probably think this song is about you
You're so vain
I'll bet you think this song is about you
Don't you? Don't you?

You had me several years ago
When I was still quite naive
Well, you said that we made such a pretty pair
And that you would never leave
But you gave away the things you loved
And one of them was me
I had some dreams, they were clouds in my coffee
Clouds in my coffee, and

You're so vain*

---

* Você chegou à festa/ Como se estivesse entrando num iate/ Seu chapéu estrategicamente caído sobre um olho/ Seu lenço era cor de pêssego/ Você não tirava o olho do espelho/ Enquanto se via dançar a gavota/ E todas as garotas sonhavam em ser seu par/ Em ser seu par/ Você é tão vaidoso/ Provavelmente pensa que essa música é sobre você/ Você é tão vaidoso/ Aposto que você pensa que essa música é sobre você/ Não é? Não é?/ Você me teve há vários anos/ Quando eu ainda era bem ingênua/ Bem, você disse que formávamos um belo casal/ E que nunca iria embora/ Mas você desistiu das coisas que amava/ E uma delas era eu/ Tive alguns sonhos, eles eram nuvens em meu café/ Nuvens em meu café, e/ Você é tão vaidoso.

Irene estava se divertindo e aplaudiu loucamente a garota, que parecia ter escolhido aquela canção em homenagem a Liam. Archie apresentou a última canção, interpretada por um grupo que elaborara uma coreografia caprichada.

– Por que os ingleses gostam tanto de caraoquê, Peter?

– Não sei, talvez seja uma válvula de escape. Somos um povo fleumático e vivemos sempre escondendo os nossos verdadeiros sentimentos.

Havia alguns instantes em que o professor de gramática olhava para Irene fixamente, sem prestar a mínima atenção ao que acontecia no palco. Irene sentia aquele olhar, que lhe queimava a pele, mas dessa vez não ficou com medo.

– Também sei o que é construir muros para que ninguém possa ver o interior de nossa alma. Mas nesses últimos dias decidi derrubar todos eles. A partir de agora, chega de barreiras. Só eu, Irene, simplesmente eu.

Os dois tinham se aproximado para conseguir ouvir o que diziam em meio ao ruído das vozes padronizadas do caraoquê. Seus rostos estavam muito próximos, e Irene podia sentir o calor da respiração de Peter. Os olhos do professor não se afastavam dos seus, como se ele quisesse efetivamente ler sua mente.

– Acho que não é preciso mais nada. Simplesmente você – disse ele, e sua voz falhou no fim da frase.

Animada pela segunda caneca de *real ale*, Irene chegou um pouco mais perto e pegou a mão dele com brandura. Com um sobressalto, o professor tirou a mão rapidamente, como se algo tivesse quebrado o feitiço.

– Acho que é a minha vez – disse, dirigindo-se ao palco.

11. Onen Hag Oll

Peter escolheu uma canção de Frank Sinatra. Irene não conhecia muita coisa dele, mas sempre que ouvia "a Voz" se lembrava dos cafés da manhã de domingo da sua infância.

Sua mãe tinha todos os discos de Sinatra. Para Irene, ele era a trilha sonora de um tempo distante, em que tudo era mais simples e feliz. Juntas, ligavam o toca-discos, e sua mãe preparava café e torradas, enquanto seu pai lia o jornal e comentava as notícias com as duas. Ela se sentava à enorme mesa de madeira da cozinha, com um livro aberto e um copo de chocolate. Nessa época, sentia que o mundo era um lugar agradável, onde nada de mal podia acontecer.

Ao ouvir os primeiros acordes de "Love Has Been Good To Me", Irene sentiu uma pontada de saudade, que foi substituída por uma emoção ainda mais intensa. A voz do professor Hugues era profunda, suave e envolvente como veludo. Teve certeza de que ele cantava só para ela, diretamente para sua alma. Movia-se com elegância pelo estreito palco, tendo no rosto uma leve expressão de ironia e fazendo gestos precisos para aquela canção.

I have been a rover
I have walked alone

Hiked a hundred highways
Never found a home
Still in all I'm happy
The reason is, you see
Once in a while along the way
Love's been good to me

There was a girl in Denver
Before the summer storm
Oh, her eyes were tender
Oh, her arms were warm
And she could smile away the thunder
Kiss away the rain
Even though she's gone away
*You won't hear me complain**

Lá do palco, Hugues a fitava, e Irene sentiu que seus olhos a transportavam outra vez para um lugar onde só podiam lhe acontecer coisas boas. Emocionada, pensou que além de andarilho, como dizia a letra da música, em outros tempos Peter devia ter sido uma espécie de ladrão: era por isso que tinha sido tão fácil para ele roubar seu coração daquele jeito.

Enquanto durou a canção, desejou ser aquela moça de Denver, que o recebia em seus braços pouco antes de uma tempestade de verão.

---

* Eu tenho sido um andarilho/ Tenho andado sozinho/ Caminhado por centenas de estradas/ Nunca encontrei um lar/ Ainda assim sou feliz/ A razão é, veja bem,/ De vez em quando, ao longo do caminho/ O amor foi bom comigo./ Houve uma garota, em Denver/ Antes da tempestade de verão/ Ah, seus olhos eram ternos/ Ah, seus braços eram quentes/ E com um sorriso ela podia afastar os trovões/ Com um beijo, a chuva/ Mesmo ela tendo partido/ você não me ouvirá reclamar.

O público também estava comovido, satisfeito por ouvir enfim alguma coisa infinitamente melhor que os berros de uma garotada bêbada. Archie e os outros, principalmente as mulheres, olhavam o professor encantados e num silêncio quase reverente.

Quando a música acabou, Hugues deixou o microfone e desceu do palco tranquilamente. Houve uma pausa e logo explodiu uma onda de aplausos e ovações. O barulho era tanto que parecia até que as paredes iam cair.

Logo depois, Archie pulou no palco e mostrou ao público, que continuava assobiando e aplaudindo, uma espécie de velho transistor de plástico cinza.

– Obrigado, obrigado, querido público. Muito obrigado! Hoje contamos com tecnologia de ponta aqui no Dog & Bone para decidir quem será o ganhador da noite do caraoquê. Tenho nas mãos o primeiro artefato medidor de aplausos fabricado no mundo. É a mais pura verdade. Não sei de que a senhora está rindo. É tecnologia inglesa da melhor qualidade. E o que nos diz o medidor de aplausos? Quem será o vencedor da noite, merecedor de nosso magnífico prêmio surpresa?

Ouviu-se o rufar de tambores. Archie fez uma cara de quem estava concentradíssimo e colou o transistor à orelha, como se estivesse ouvindo o barulho do mar ou uma mensagem de outro mundo. O público, impaciente, repetia, entre gritos e aplausos, o nome de Sinatra, como se ele e Peter Hugues fossem a mesma pessoa.

– E o vencedor da noite, aquele cujos aplausos ultrapassaram o medidor é... Peter Hugues! Vamos, professor, não seja tímido, suba ao palco!

Irene reparou na cara de raiva de Liam, que olhava o professor como se quisesse fulminá-lo. Hugues, que acabara de chegar à sua mesa, viu-se obrigado a voltar e repetir o número. Só que agora dava para perceber que ele não estava à vontade, como se constrangido com a atenção do público, que não parava de tentar animá-lo com gritos e aplausos.

Quando terminou de cantar, Archie entregou-lhe o prêmio, com todo tipo de cerimônias e felicitações.

Irene riu ao ver que o tão alardeado prêmio surpresa era um urso de pelúcia de dimensões gigantescas. Tinha a cruz branca sobre fundo preto da bandeira da Cornualha estampada na camiseta. Na pata direita, segurava uma bandeirola com o lema da região escrito em córnico: *Onen Hag Oll* (Um e todos).

Hugues pegou seu prêmio e, de volta à mesa, entregou-o a Irene com uma pequena reverência. A moça ficou lisonjeada e agradeceu o presente com os olhos brilhantes de emoção. Ainda se ouviam aplausos quando o professor anunciou em voz baixa:

– Venha, vamos embora. Acho que já chega de chamar a atenção.

∞

Ainda chovia quando chegaram ao carro. Irene estava feliz. Tratava de registrar todos os detalhes da viagem de volta, até os mais insignificantes, como se quisesse apanhá-los com uma rede de caçar borboletas e prendê-los para sempre com alfinetes no mural de sua memória.

Percebeu o ar quente do aquecimento, que amornava sua pele e embaçava ligeiramente os vidros do carro. Percebeu também as grossas gotas de chuva quicando no limpador de para-brisas, que fazia um ligeiro chiado ao se mover da esquerda para a direita, hipnotizando-a...

Hugues pôs um CD de Frank Sinatra, como se quisesse prolongar a atmosfera mágica daquela noite. A moça, porém, reparou que ele estava muito sério, talvez concentrado demais na estrada. De vez em quando, cantava baixinho uns versos soltos de alguma canção:

> *When I was seventeen*
> *It was a very good year*
> *It was a very good year for small town girls*
> *And soft summer nights*
> *We'd hide from the lights*
> *On the village green*
> *When I was seventeen**

Irene procurou algum assunto para puxar conversa, alguma frase engenhosa para ocultar a montanha-russa dos sentimentos que cresciam dentro dela. Mas ele já não a fitava como lá no *pub*. Na verdade, nem sequer a olhava.

Então, ficou com medo. E se tivesse se precipitado? E se tivesse entendido tudo errado e deixado Hugues numa situação constrangedora quando pegou sua mão?

Ele acelerou. Pelo visto tinha pressa em chegar ao Saint Roberts. Irene prestou atenção na letra de "Something Stupid", uma das músicas favoritas de sua mãe e que, aquela noite, parecia ter sido escrita especialmente para ela.

> *I know I stand in line until you think*
> *You have the time to spend an evening with me*

---

* Quando eu tinha dezessete anos/ Foi realmente um bom ano/ Foi realmente um bom ano para as meninas das cidades pequenas/ E nas noites suaves de verão/ Nós nos escondíamos das luzes/ No vilarejo verde/ Quando eu tinha dezessete anos.

And if we go someplace to dance
I know that there's a chance you won't be leaving with me

And afterwards we drop into a quiet little place
And have a drink or two...
And then I go and spoil it all by saying
Something stupid like I love you*

Teria estragado tudo com um simples gesto estúpido, como a moça da canção? Ficou nervosa quando viu que Hugues estacionava o Jaguar em frente ao dormitório. Ele continuava sem abrir a boca, e ela não tinha ideia do que fazer. Será que ele iria beijá-la?

O silêncio entre os dois já estava começando a ficar constrangedor. Finalmente ele decidiu rompê-lo, mas sempre sem fitá-la:

– Boa noite, Irene. Nos vemos na quarta?

– Na quarta?

– Claro, para nossa aula, na hora de sempre. Não se esqueça de levar um exemplar de *Carta de uma desconhecida*, de Stefan Zweig. É tão curto que dá para trabalharmos lá no escritório numa única aula.

Para Irene aquele comentário e a volta da formalidade entre professor e aluna foi um balde de água fria. De repente, o clima de cumplicidade e de possibilidades que tinha sentido nascer durante a noite desaparecera.

---

* Eu sei que eu fico na fila até você achar/ que tem tempo pra passar uma noite comigo/ E se formos a algum lugar para dançar/ Sei que há uma chance de você não sair de lá comigo/ E depois vamos a um lugarzinho silencioso/ E tomamos um drinque ou dois.../ E então vou estragar tudo dizendo / Algo estúpido, como eu amo você.

Despediu-se, tentando manter a compostura e não deixar que a decepção fosse tão evidente. Decidiu sentar-se por um instante nos degraus de pedra da porta. Aquele cenário gelado começava a lhe parecer muito familiar.

Por que lhe ocorriam aquelas ideias disparatadas? Estava decepcionada e sentia-se uma idiota. Como pôde lhe passar pela cabeça que Peter seria capaz de beijá-la?

Com certeza aquele jantar e todo o restante tinham sido apenas um gesto de camaradagem por parte de um professor jovem e empenhado. E ela se deixou levar e acabou estragando tudo fazendo uma coisa, uma coisa... *something stupid*. No entanto, quando ele a fitou lá no *pub*, seus olhos diziam outra coisa.

Segurando o urso da Cornualha por uma das patas, a que não tinha a bandeirinha com o lema *Onen Hag Oll*, saiu quase se arrastando em direção ao seu quarto. Tinha certeza de que aquela noite ia demorar horrores para pegar no sono.

12. CORNISH HEATH

Irene acordou atravessada na cama e abraçada com o urso de pelúcia. Já passavam das dez, mas ela não tinha pregado o olho até altas horas da madrugada. Acariciou preguiçosamente o pelo avermelhado do bichinho e se deitou de barriga para cima, olhando o teto.

– Bom dia, ursinho, dormiu bem? – perguntou, com voz sonolenta.

Logo se conteve, porém, com medo de que Martha a ouvisse falando com o urso de pelúcia e a chamasse de louca ou, pior ainda, de brega, mas verificou que a cama de sua colega de quarto não tinha sido desfeita.

Essa menina é que sabe viver!, pensou com amargura. Já ela estava sempre metendo os pés pelas mãos.

Desde que chegara ao Saint Roberts, sua vida vinha sendo uma sucessão de mal-entendidos e passos em falso. Irene se perguntou se algum dia encontraria o amor de verdade, alguém que a fizesse sentir-se segura e protegida, com quem não se sentisse tão deslocada quanto naquela manhã de sábado.

Abraçou o urso com força e suspirou. Antes não tivesse acariciado a mão dele. Antes não tivesse sido tão precipitada. Com toda certeza Peter estava chateado por ela ter confundido as coisas, deixando-o numa situação tão delicada. Agora seria inevitável que as coisas entre eles mudassem. E tudo por sua culpa!

Reprimiu uma exclamação de raiva, enterrando o rosto no travesseiro. Percebeu que precisava arranjar algo para fazer, senão passaria o restante do dia acusando-se. Deu uma olhada na escrivaninha, onde se empilhavam quase todas as leituras da gramática do amor.

Decidiu começar com *Carta de uma desconhecida*. Tinha certeza de que quarta-feira, lá no escritório de Hugues, ia ter a maior dificuldade em se concentrar na leitura; talvez então fosse uma boa ideia ler o livro uns dias antes.

Pelo que dizia a quarta capa, o romance do autor austríaco narrava a história de um amor trágico e não correspondido. "Perfeito", pensou ela, "é exatamente do que estou precisando".

O enredo era angustiante. Um escritor de sucesso recebe uma carta misteriosa. Nela, uma desconhecida lhe confessa o seu amor, um amor não correspondido, ignorado por ele e que existia desde que a autora da carta era uma menininha. Pelo texto, o escritor fica sabendo que os dois tiveram vários encontros e que de um deles nasceu um menino, seu filho, que acabara de morrer. A morte do menino e o fato de que ela mesma também está à beira da morte levaram a mulher a finalmente confessar seus sentimentos. É um amor que já não tem qualquer esperança de ser correspondido. O pior de tudo, talvez, era que o escritor nunca tinha sido capaz de reconhecer aquela mulher. Sempre que encontrava com ela ao longo dos anos era como se a estivesse vendo pela primeira vez.

Sensível como estava naquela manhã, Irene teve a impressão de que era a história mais triste que tinha lido na vida. Duas lágrimas turvaram seus olhos e ameaçaram transbordar, mas ela as enxugou com a manga do pijama. Não queria começar a chorar novamente, pois tinha medo de não conseguir parar.

Batidas na porta interromperam sua leitura. Era Marcelo, seu persistente treinador e coelho.

– Vim salvar você do tédio – anunciou o rapaz lá do corredor.

– E quem disse que estou entediada?

– Você é a própria imagem da diversão, atirada aí na cama com esse livro deprimente.

– Não é nada... Bom, é verdade, é um pouco deprimente. Mas como vai me salvar?

– Vamos correr, sua respondona. O ar fresco vai deixá-la mais animada.

∞

Fizeram um leve aquecimento pelo caminho do penhasco, seguindo a rotina habitual de Irene. Marcelo insistia que tinham que falar, porque era a única maneira de garantir que estavam respirando bem, e iam aumentando a intensidade da corrida pouco a pouco.

Irene ficava irritada com aquelas manias metódicas e previsíveis do rapaz, mas o cheiro de terra molhada que inundava a manhã e a umidade salgada que grudava em sua pele a fizeram sentir-se renovada. Decidiu dar a ele outra chance. Afinal, ele quis continuar a vê-la mesmo depois do fora que ela dera na outra noite.

– Marcelo, me desculpe por eu ter sido tão grossa naquele dia. Não fazia ideia da história do encontro duplo e acabei estourando com quem não tinha nada a ver com aquilo.

– Sem problemas, Irene. Sou eu que preciso pedir desculpas, já que me comportei muito mal, mas isso não vai acontecer nunca mais. Aquele que... não era eu, juro. Afinal, acho que todos podemos ter um dia ruim.

— A verdade é que eu tenho tido vários.

— Esqueça! Sabe o que faço quando tudo está dando errado? Vou ao cinema ver um desses filmes bem tristes e depois corro meia maratona. Quando a gente corre, não pode pensar em mais nada.

— É exatamente o que diz Murakami.

— É, ele também é um neurótico solitário — refletiu Marcelo.

— A solidão é boa companheira para nós, os corredores.

— Já leu Murakami? — indagou Irene, surpresa.

— Alguns livros. Não leio só revistas esportivas, sabe? — disse, em tom de gozação.

Irene sorriu envergonhada por ele ter lido seus pensamentos com tanta facilidade. Marcelo, porém, fez outra brincadeira e os dois continuaram conversando sobre tênis de corrida e a casa que os pais dele tinham na península de Lizard. Era um pequeno sítio, que pertencia à família há várias gerações, com horta, pomar e um jardim bem grande.

Marcelo explicou que naquela região crescia uma flor muito especial, que não existia em nenhum outro lugar do mundo, a *Cornish heath*. À primeira vista, não parecia nada de mais, quase se confundia com um arbusto qualquer. De perto, porém, revelava uma beleza muito especial, selvagem e delicada.

Irene reparou que o rapaz falava de sua terra com verdadeira paixão, e isso era uma característica que sempre a comovia.

Completaram o percurso e chegaram à pista de atletismo.

— A partir daqui vou apressar o passo. Procure me alcançar. Esse é o objetivo de hoje. E não se preocupe se não conseguir. O importante é você sentir que está correndo um pouco mais depressa que de costume, mas sem ficar exausta.

– Combinado, vou fazer o que posso.

Marcelo se afastou com passadas largas, e Irene ficou surpresa ao perceber que sentia falta da voz pausada daquele rapaz desajeitado. A conversa dele, sem complicações ou subentendidos, fazia com que ela esquecesse seus problemas e lhe dava certa paz.

Talvez Marcelo fosse como aquela flor autóctone que tinha mencionado, a *Cornish heath*. A maioria das pessoas nem reparava nele, mas alguém mais atento podia chegar a descobrir que ele tinha um encanto muito especial.

O rapaz corria sem olhar para trás, e Irene tratou de apertar o passo, pois não queria perdê-lo de vista. As nuvens brancas e esponjosas de seus pensamentos atravessavam sua mente a toda. Ela as contemplava e as deixava passar, como se estivesse praticando uma meditação espontânea.

Logo as nuvens se cansaram de aparecer, e ela pôde se concentrar nas sensações mais imediatas. Seus pés voavam pela pista, a tal ponto que ela praticamente não os sentia. Por outro lado, tinha plena consciência da brisa suave que secava seu suor, do tênue raio de sol que tentava abrir caminho no meio da neblina e vinha esquentar seus ombros, da tensão de seus músculos, dos gritos de um grupo de garotos jogando futebol, longe dali.

Marcelo não passava de um pontinho vermelho, a cor da camiseta que usava, e seguia rápido vários metros a sua frente. Irene decidiu fixar a vista apenas naquele ponto, como se não existisse mais nada no mundo, e começou a acelerar as passadas, visando alcançá-lo.

O ponto foi ficando cada vez maior, enquanto a respiração de Irene se tornava profunda e entrecortada, numa tentativa de capturar até a última molécula de oxigênio disponível. O vazio, aquele nada agradável mencionado por Murakami em *De que eu falo quando eu falo de corrida*, tinha surgido enfim. Mas Irene também desprezou esse pensamento.

Corria, corria, sem pensar em nada, a não ser no vermelho que praticamente ocupava todo o espaço. E então o mundo se tingiu dessa cor.

Marcelo a segurou bem a tempo, sustentando-a pela cintura, antes de os dois se chocarem e caírem no chão. Desconcertado, segurou-a pelos ombros, fitando-a com os olhos bem arregalados.

– Você percebeu o que acabou de fazer?

13. O monstro que devorava corações

Irene ia pisando na linha reta formada pelas lajotas, bem no meio do corredor. Andava com todo cuidado, para não pisar nas bordas, com os braços um pouco abertos ao lado do corpo. Parecia uma bailarina equilibrando-se numa corda suspensa no ar, tentando não sair da passarela imaginária que levava ao escritório de Hugues.

Na verdade, aquela brincadeira improvisada não passava de uma manobra para andar mais devagar e atrasar o inevitável: era quarta à tarde e ela tinha aula de gramática do amor.

Ainda estava envergonhada por seu comportamento no Dog & Bone e ficava nervosíssima só de imaginar o discurso que Peter ia fazer. Duas desilusões no mesmo mês era demais, mesmo para ela, pensou, sentindo-se a garota mais desgraçada do planeta.

Chegou enfim ao escritório e parou para respirar um pouco. Encolhendo os ombros com resignação, disse consigo mesma que teria de enfrentar o que quer que acontecesse. Bateu à pesada porta de madeira e esperou.

Nada.

Bateu de novo, desta vez com mais força, e a porta cedeu com um rangido.

Irene a empurrou com cautela e entrou no escritório. O professor não estava. Onde teria se metido? Ao ver que a chaleira fumegava sobre a mesa e que o som estava ligado, imaginou que ele teria saído por um instante. Já deve estar voltando, pensou, e resolveu sentar-se no divã marrom, no lugar de sempre.

Esperou por alguns instantes, mas Hugues não apareceu.

Decidiu servir-se de um pouco de chá. Espantou-se ao sentir o sabor frutado e um tanto áspero da bebida. Em cima da mesa havia um potinho de chá que nunca vira, com uma ilustração do deserto, inclusive com oásis e palmeiras. Na tampa estava escrito *Rooibos Areia do Deserto*. Irene não pode deixar de se perguntar, cheia de ansiedade, se a partir daquele dia tudo ia ser diferente em sua relação com Hugues, até mesmo o sabor do chá.

Involuntariamente desviou os olhos na direção da janela, como sempre fazia quando estava ali. Enquanto seu olhar se perdia naquele mar infinito, do mesmo azul-acinzentado que as nuvens que cercavam o Saint Roberts, Irene se sentiu cativada pela magia da música.

Um piano chorava com uma dramaticidade de apertar o coração. Segurando seu trabalho sobre *Carta de uma desconhecida*, releu um fragmento que tinha escolhido para comentar com o professor.

O livro a impressionara muito, embora, no começo, a protagonista a tivesse irritado, parecendo-lhe uma grande covarde. Como podia deixar a vida inteira passar sem dizer a R. que o amava mais que tudo no mundo? Mas acabou compreendendo a profunda tragédia daquela mulher, ferida várias vezes pela crueldade de não ser reconhecida pelo seu amor, a única pessoa no mundo para quem queria existir.

Envolta pela atmosfera trágica que a música criava, Irene sentiu nos ombros todo o peso da própria tristeza e estremeceu ao ler:

Só quero falar contigo, dizer-te tudo pela primeira vez. Terias que conhecer a minha vida inteira, que sempre foi tua, embora não soubesses. Mas tu só conhecerás o meu segredo quando eu estiver morta, e assim não terás que me responder; quando isso que agora me dá calafrios for o final de verdade. Se acaso continuasse vivendo, rasgaria esta carta e permaneceria em silêncio como sempre. Se estiveres segurando esta carta, saberás que uma morta está relatando aqui a própria vida, uma vida que sempre foi tua, desde a primeira até a última hora.

O piano se calou por um instante. Em seguida entrou a orquestra e começou a tocar uma música com um ar russo, que desembocou em novo solo de piano, desta vez muito mais lírico.

As notas resvalavam com suavidade entre os dedos do pianista, mergulhando Irene numa doce melancolia. Esse estado acentuou-se ainda mais quando a tempestade despencou lá fora e as primeiras gotas de chuva começaram a bater nas vidraças.

Um corvo, pousado no peitoril da janela, voou, buscando abrigo em lugar mais seguro. Nesse instante, Irene desejou também ter um par de asas para fugir para bem longe dali e não ter de encarar sua decepção.

Mais de quinze minutos tinham se passado e o professor não aparecia. Agora era evidente que não viria. O cenário que ele havia preparado com o chá, a música e sua ausência era a sua forma de lhe dizer adeus. Hugues estava anunciando educadamente que a gramática do amor tinha terminado para sempre e que não queria vê-la nunca mais.

O piano se animou com uma espécie de marcha militar, no mesmo ritmo que os batimentos do coração da moça. Que música era aquela? Algo ali lhe soava familiar.

De repente ouviu-se um rangido e, espantadíssima, Irene viu Peter entrar no escritório. Não esperava mais por ele.

– Desculpe-me, Irene, tive que sair. Minha manhã foi horrível e eu precisava tomar um pouco de ar.

– O que aconteceu?

Como Hugues não respondeu, ela continuou perguntando, cada vez mais aflita:

– É por minha culpa? Você não quer voltar a me ver?

O riso cristalino do professor dissipou todos os seus temores como que por encanto.

– Pois saiba que está redondamente enganada. O meu dia melhorou muito depois que vi você.

– Mas, então, o que aconteceu? – perguntou, tranquilizada.

– Recebi más notícias de uma pessoa da família – respondeu ele, sem encará-la.

– Sinto muito.

– Não se preocupe, agora estou bem contente. Vejo que começou a pôr em prática o que aprendeu com o livro de Stefan Zweig.

– Como assim?

– Você foi capaz de expressar seus temores com toda clareza, em vez de guardá-los para si mesma. Achou que eu não queria mais vê-la, não é? Então agora está se sentindo melhor?

– Estou.

– Dizendo o que sentia, você liberou esses sentimentos e lhes deu vida. Se tivesse guardado tudo isso só para si, como a protagonista de *Carta de uma desconhecida*, eles acabariam se transformando em outra coisa.

– Em quê?

– No que você escreveu na conclusão de seu trabalho – replicou ele e, pegando em cima da mesa o texto da moça, leu em voz alta: – *"O amor que permanece oculto, que não se expressa, transforma-se num monstro que devora corações. É preciso arriscar-se e deixá-lo sair, mesmo com o risco de se machucar."* Eu não teria dito melhor.

Peter pareceu entristecer-se e se calou.

Lá fora, a tarde tinha virado noite escura, e a chuva caía a cântaros. De vez em quando o escritório se iluminava com o clarão branco dos relâmpagos.

– Gosta desta peça de Sergei Rachmaninoff? – perguntou ele, mudando de assunto.

– Na verdade, ela não me era estranha, mas eu não sabia de quem era.

– É sua obra mais famosa, o *Concerto Nº 2*. É tão difícil de ser tocada que os pianistas a chamam, brincando, de "Rocky 2", porque leva o intérprete a nocaute.

Irene sorriu ao ouvir aquele detalhe curioso.

– Rachmaninoff é considerado um dos últimos compositores românticos. E foi um grande pianista. Escreveu essa obra depois de se recuperar de uma depressão profunda. E a dedicou ao médico que o ajudou a superar a doença.

– É mágica! – concordou a moça.

– Sem dúvida, é maravilhosa, o concerto romântico por excelência. Se tiver oportunidade, vá ouvi-lo algum dia ao vivo.

– Ah, vou sim. Mas isso não tem nada a ver com Stefan Zweig, não é mesmo?

Irene tinha ficado meio perdida com aquela repentina mudança de assunto. Hugues refletiu por um instante e declarou, com alguma emoção:

– Na verdade, tem a ver, sim. Rachmaninoff e a mulher de *Carta de uma desconhecida* são exemplos de algo que nunca devemos permitir que aconteça. Se carregamos no peito uma paixão e não a confiamos a ninguém, nem mesmo à pessoa que mais nos ama, essa paixão acabará estagnando, apodrecendo. As consequências podem ser catastróficas.

– E isso tem a ver com o que aconteceu com você hoje de manhã?

– Tem. Este livro me lembra a minha mulher.

Irene não se atreveu a prosseguir, embora estivesse louca para perguntar de que ela tinha morrido.

Hugues se aproximou do aparelho de som e aumentou o volume, pondo um ponto final naquela conversa e sem deixar espaço para mais perguntas.

14. Deus abençoe os vestidos novos

Na quinta Irene teve que faltar ao treino da manhã porque sua turma ia fazer uma visita ao Museu Real, em Truro, a pequena capital da Cornualha. Um ônibus iria buscá-los às oito em ponto.

Acostumada a madrugar, foi das primeiras a chegar ao lugar marcado. Encontrou ali alguns alunos e o professor de ginástica, um cinquentão de nariz eternamente vermelho e um jeitão militar, que iria acompanhá-los na excursão. Pouco depois surgiu Martha, com os olhos inchados de sono e uma cara de quem ia matar quem passasse na sua frente.

– Droga de passeio – rosnou ela, entre dois bocejos. – Se pelo menos nos levassem ao Museu da Sidra...

– Você acharia isso mais divertido que o Museu Real? – perguntou Irene, espantada com as ideias malucas de sua colega de quarto.

– Claro. Com toda certeza, no final da visita, iam nos deixar provar a bebida.

Irene riu. Àquela hora da manhã a inglesinha já estava pensando em beber! Assim que entraram no ônibus, Martha ferrou no sono e só acordou quando chegaram em Truro, uma hora e meia depois.

Foram recebidos pela guia do museu, uma moça toda espevitada, que os levou para o interior do prédio, onde os esperava uma coleção de trajes regionais, velhas fotos e uns utensílios estranhos. Uma das atrações de destaque era um precursor do carro ecológico, uma coisa que parecia um bule e que, segundo lhes disseram, funcionava com gasogênio.

Irene ia percorrendo o museu junto de Martha, que não parava de resmungar baixinho e não deixava que ela prestasse atenção nas explicações detalhadas da guia. Tinham acabado de parar diante de uma coleção de chaleiras de porcelana antigas quando a amiga lhe cutucou.

– Olhe, Irene! – sussurrou ela, apontando uma saída de emergência.

– Estou vendo, o que é que tem?

– Não seja boba. É um sinal para a gente fugir daqui agora mesmo. Isso é insuportável. Chaleiras? Pelo amor de Deus! Venha, depressa... – insistiu ela, pegando a colega pelo braço.

Irene protestou, mas a inglesa era muito mais forte que ela e a arrastou com facilidade até que cruzassem a porta.

– Está maluca? Aonde quer ir? Vamos levar a maior bronca quando perceberem que fugimos!

– Deixe de ser paranoica, ninguém vai perceber nada. Ainda falta uma hora de visita guiada e, depois, mais duas de projeção. Quando tiver terminado, já estaremos de volta.

– Mas de onde? – gritou Irene, irritada.

– Das compras! Isso tudo é uma chatice e você precisa dar uma renovada no guarda-roupa. Não me importo que de vez em quando você pegue uma das minhas camisetas, mas já está na hora de ter os próprios modelitos, não acha? Além disso, daqui a uma semana é a Winter Break, a festa do recesso de inverno, e você tem que estar fantástica, senão será a sua morte na pequena sociedade do Saint Roberts. Vamos! Em Truro tem uma ou duas lojas bem bacanas, vamos conseguir achar o vestido perfeito para você. *Allons, allons-y!*

Aquela exclamação em francês e as palavras mágicas "Winter Break" convenceram Irene de que não havia o que fazer. No colégio não se falava de outra coisa: a festa realizada anualmente na primeira sexta-feira de dezembro. Todo mundo, inclusive Martha, andava excitadíssimo com o evento. Irene não entendia o porquê de tanta agitação. Na sua cabeça, ia ser uma daquelas festas típicas, com ponche, música ruim e uns três ou quatro enfeites de papel pendurados no teto.

Olhou para o relógio e pensou que, afinal, teriam tempo para uma pequena excursão clandestina. O professor de ginástica era um cara distraído, e com certeza nem daria pela falta das duas.

Martha a pegou pela mão e saíram andando em direção à rua principal. Com um suspiro, Irene se deixou levar.

A inglesa falava sem parar sobre saias de lycra, tops de lantejoulas e outros horrores que pretendia fazer Irene experimentar. Esta nem ouvia, preferia observar as pessoas ocupadas com suas tarefas matutinas.

As floriculturas dignas de um quadro exibiam ramalhetes de flores silvestres, rosas de todas as cores e uns copos-de-leite de um exótico tom de azul que nunca tinha visto antes; a vitrine de uma confeitaria mostrava pilhas de mil-folhas e uns pães bem grandes e redondos, que pareciam crocantes; as bancas de frutas pela rua vendiam maçãs, bananas e peras de todo tipo, por unidade.

Irene comprou uma pera japonesa, que o vendedor embrulhou em papel marrom. Mordia a fruta, encantada com a quantidade de gente que passava por elas naquela manhã. Acostumada ao colégio e à solitária aldeia de pescadores aonde iam de vez em quando, estava achando Truro uma grande metrópole.

— *Et voilà!* Chegamos! — exclamou Martha, arrancando a pera da mão da colega e atirando-a numa lixeira. — Você não pode entrar em Blessthatdress comendo uma fruta feito uma camponesa.

Irene olhou a vitrine, perguntando-se qual a razão de tanta cerimônia. A Blessthatdress era uma loja bem comum de roupas de segunda mão, ou *vintage*, como Martha preferia dizer. Na Inglaterra, as pessoas tinham o hábito de comprar roupas usadas e por isso havia muitas lojas como aquela.

Quando já estavam quase entrando, ouviram uma buzina às suas costas. Um rapaz ruivo acenava para elas de dentro de um carro.

Martha soltou um grito e correu até o desconhecido. Os dois se abraçaram, o rapaz sempre dentro do carro, e Irene viu que os dois começaram a conversar animadamente. Com um gesto, a amiga a chamou e lhe apresentou um tal de Mark.

Irene lembrou que no início do ano sua colega de quarto estava saindo com um garoto com esse nome. Com o braço apoiado na janela, o ex de Martha a devorava com os olhos, e ela fazia caras e bocas, encantada com aquela situação. Os carros que vinham atrás começaram a buzinar e a se impacientar, então o jovem motorista propôs à inglesa que eles fossem a um lugar um pouco "mais tranquilo".

Irene revirou os olhos, espantada com a obviedade da proposta. Aborrecida, esperou a negativa de Martha. Mas sua colega deu uma risadinha e entrou no carro sem pensar duas vezes. E lá se foi o casalzinho todo contente, acenando para ela.

Martha era absolutamente imprevisível, pensou Irene, chateada. Conseguiu convencê-la a fugirem do museu juntas e na primeira oportunidade a deixou plantada no meio da cidade para ir embora com o primeiro que apareceu.

Decidiu que, já que estava ali, ia dar uma olhada nas roupas da Blessthatdress. Mal cruzou a porta, entendeu o fascínio da amiga. A vitrine, simples e pouco atraente, não fazia justiça aos tesouros em forma de vestidos que havia ali dentro.

Alguns eram antigos, feitos com tecidos caros, obviamente modelos de alta-costura. Mas também havia uns vestidos juvenis e informais, escolhidos com o maior bom gosto. Eram roupas preciosas, muito melhores que qualquer roupa nova, porque transpiravam personalidade.

Irene escolheu um vestido elegante e feminino de lã cinza, que se moldava com suavidade ao seu corpo. Uma saia preta, em forma de trapézio, com o comprimento absolutamente perfeito, e uma blusa de seda bordô, que fazia conjunto com um casaquinho curto de tricô.

A dona da loja, uma simpática francesa casada com um inglês da região, ia aconselhando as cores, os cortes e os complementos. Tudo ali era incrível, e Irene levou um bom tempo para se decidir.

Finalmente, acabou comprando muito mais do que pretendia. Saiu da loja com um guarda-roupa novo e um buraco no cartão de crédito para emergências, mas tinha certeza de que sua mãe aprovaria. Ela sempre insistia para que a filha deixasse de se vestir como um garoto e, ao menor descuido de Irene, jogava no lixo seus moletons puídos e os tênis rasgados.

Sentiu frio e percebeu que estava com o casaco desabotoado. Largou uma das sacolas de papel acetinado e parou diante de um cabeleireiro para fechar o zíper. Na porta tinha um rapaz de cabelo louro muito curto. Estava fumando e acompanhava todos os seus movimentos com interesse. Irene também o fitou, aborrecida com tamanha cara de pau.

– Menina, você tem um cabelo incrível. Eu poderia fazer maravilhas com ele.

O rapaz se aproximou, começou a tocar no seu cabelo, afastando-o do seu rosto. Olhava para Irene como se ela fosse uma obra de arte renascentista saída de um quadro. Tinha um sotaque italiano e falava depressa, acentuando as vogais, com uma voz meio fina e um jeito afeminado.

– Na verdade, é puro cetim. Você parece com Lily Collins, embora tenha olhos muito mais bonitos que os dela... Venha comigo, minha linda, vou fazer um corte no seu cabelo e nem o seu pai vai reconhecê-la.

Irene não fazia ideia de quem era Lily Collins, mas deu uma olhada no salão de cabeleireiro e gostou daquele ambiente espaçoso e informal. Havia mais três cabeleireiras aplicando tintura e alisando cabelos ao ritmo vertiginoso de uma música rápida e boa para dançar.

Olhou para o relógio. Àquela hora seus colegas deviam estar em plena projeção do filme sobre a Cornualha do século XVIII.

"Por que não?", disse consigo mesma antes de entrar no salão com passos decididos.

15. Uma nova Irene

Irene cantarolava no chuveiro, toda feliz. Já que não teve a última aula da manhã, aproveitou para fazer um treino extra que foi simplesmente uma maravilha. E ainda faltava um bom tempo para o começo do turno da tarde.

Debaixo da água bem quente, surpreendeu-se ao notar como os músculos de suas pernas estavam duros, seu abdome, rijo, e seus bíceps, tensos. Havia mais ou menos duas semanas vinha percebendo como seu corpo e sua postura estavam mudando com o exercício. Estava mais magra e, sem perceber, andava com os ombros erguidos, o que fazia até parecer que tinha mais peito.

Embrulhou-se numa toalha felpuda antes de escolher cuidadosamente a roupa que ia usar aquela tarde. Já estava na hora de estrear algum dos trajes novos. Escolheu um vestido curto verde-escuro, com decote em V, ligeiramente justo. Pôs meias grossas de um tom parecido e botas pretas de cano alto. Depois, foi secar o cabelo. Como o cabeleireiro havia prometido, o cabelo ficou ótimo só com uma escovada.

No espelho viu com surpresa o que um bom corte de cabelo e um vestido novo podem fazer pela aparência de uma garota.

A Irene discreta, que tentava passar despercebida e encurvava os ombros para a frente, como se quisesse parecer mais baixa, tinha dado lugar a uma outra pessoa. Os traços eram os mesmos, mas agora brilhavam espetacularmente.

O cabelo continuava longo, mas parecia mais brilhante. O novo penteado lhe dava um ar travesso e sedutor, com uma franja irregular e as pontas repicadas. Até seus olhos pareciam maiores e a boca, mais carnuda.

Aquela roupa feminina e cheia de personalidade ressaltava suas formas, enfatizadas ainda mais pela elegância com que agora andava. O resultado era espantoso. Quase não se reconhecia naquela nova imagem de mulher sofisticada e um tanto boêmia.

Sorriu para o espelho com alguma malícia, mandou um beijo para si mesma e resolveu dar um toque de brilho rosado nos lábios. Pela primeira vez na vida queria ficar bonita e não esconder de ninguém o resultado.

Pegou a bolsa, os livros e foi para a aula. No corredor, percebeu que a olhavam de um jeito diferente. Parecia até um pouco de exagero repararem tanto nela. Afinal de contas, era a mesma de sempre, só que com uma ligeira recauchutagem.

Parou um momento na secretaria para entregar uma pesquisa que tinham pedido aos alunos e acabou se atrasando. Quando entrou na sala, todos os colegas já estavam sentados, esperando a professora de história.

Como não estava acostumada a andar de salto alto, tropeçou e o barulho ao esbarrar na carteira atraiu para si todos os olhares. Atravessou um coro de murmúrios, de "ahs" e "ohs" mais ou menos disfarçados. As meninas olhavam de alto a baixo o novo *look* da "forasteira" e faziam especulações sobre a marca de seu vestido. Heather dedicou-lhe um olhar de admiração e levantou o polegar, aprovando o que via. Já os meninos a devoravam com os olhos sem tentar esconder seu interesse. Ninguém tirava os olhos dela, principalmente Liam, nitidamente surpreso.

Irene sentou-se, constrangida. Martha também a fitava, de boca aberta.

– Nossa, você não perde tempo!

– Nem você – retrucou, lembrando a escapada da colega na véspera.

Ignorando aqueles olhares, pegou o caderno e se preparou para prestar atenção na aula da srta. Clovis, que acabava de entrar na sala.

O assunto daquele dia tinha um atrativo especial para Irene, porque iam falar da Rússia imperial. Estava interessada no final do século XIX, três décadas antes da Revolução: era a época em que se passava *Anna Kariênina*, o clássico de Tolstói, que estava lendo para a gramática do amor.

A srta. Clovis deu-lhes dez minutos para rever as seis páginas do livro que tratavam do assunto. Depois, como sempre, metralharia a turma com perguntas, como se fosse um daqueles programas de televisão. A diferença era que o que estava em jogo não era dinheiro, nem viagens, nem um carro, mas pontos positivos ou negativos para a média trimestral.

Irene detestava aquele sistema puramente decoreba, mas tinha o capítulo na ponta da língua depois de lê-lo algumas vezes procurando informação sobre a época. Decidiu portanto que podia se desligar um pouco.

Até agora nenhum dos romances escolhidos por Hugues a tinha decepcionado. Em todos havia algo que os tornava inesquecíveis, e eles pareciam chegar às suas mãos exatamente quando do precisava.

Tinha lido menos de um terço do *Anna Kariênina* e ainda não sabia por quais caminhos o escritor russo ia levá-la. Torcia para não se decepcionar, porque o livro era um tijolo. Contava a história de Anna, a esposa de um alto funcionário russo, que se apaixona perdidamente pelo conde Vronsky, um jovem militar.

A protagonista decide viver seu amor, contrariando as convenções sociais da época, e isto, segundo se dizia na quarta capa do livro, a leva a um final trágico.

– Agora, fechem os livros. Vamos começar por você, Heather – grasnou a srta. Clovis, que todos chamavam de "cacatua" por causa daquela voz de pássaro afônico. – Diga: como se chamava o último czar da Rússia e quando foi coroado?

– Mil novecentos e dois? Ele se chamava Romanov... ou qualquer coisa assim? – respondeu a loura, hesitante.

– É óbvio que você não leu o mesmo livro que seus colegas. Você, Liam. – O destruidor de corações da turma estava apalermado, olhando para Irene. – Liam? Você está aqui na sala? Se estiver, responda.

– Desculpe-me, srta. Clovis. Foi Nicolau II, e o coroaram em 1894, acho.

– Isso mesmo, obrigada, pode se sentar.

– Heather, vou lhe dar outra chance, embora vocês saibam que não acredito nelas. Pode me dizer que duas ideologias despontaram com força nas duas últimas décadas do czarismo?

A menina empalideceu, incapaz de encontrar uma resposta. Da fila ao lado, Irene tentou ajudá-la, sussurrando:

– Comunismo e anarquismo!

Mas Heather não conseguiu entender e, para o seu azar, a srta. Clovis não tinha apenas o bico afiado, mas também o ouvido.

– Muito obrigada, Irene – disse ela, pronunciando o nome da menina à moda inglesa: *Ai-ri-nii*. – E já que está com vontade de falar, diga por favor o nome de três escritores da idade de ouro russa, ou seja, do século XIX.

– Pushkin, Tolstói e Dostoiévski – respondeu ela, sem hesitar.

Se a professora pretendia pegá-la desprevenida, escolheu mal o tema da pergunta.

A "cacatua" a fitou friamente e anotou alguma coisa em seu caderno. Com mais uma ou duas perguntas, encerrou aquela espécie de *Trivial Pursuit* da história da Rússia. Depois disso, mandou que escolhessem um tema para discutir em grupos de três.

Martha e Heather não faziam ideia do que poderiam escolher, mas a primeira percebeu algo que Irene tinha anotado no caderno.

– É verdade que as pessoas da classe alta falavam francês entre si? Como eu! – exclamou ela num gorjeio.

– É, e falavam também em inglês. Essas eram consideradas as línguas cultas, porque vinham de cidades cosmopolitas e modernas do mundo.

– Como você sabe tanta coisa? – perguntou Heather. – Diga: esses russos sabiam se divertir ou eram uns chatos? Porque com esses nomes tão sérios...

– A nobreza, principalmente em São Petersburgo, fazia muitas festas, bailes, chás... Passavam o dia inteiro fofocando, como se vivessem numa cidade grande, e iam quase sempre às corridas de cavalos. É, acho que se divertiam muito.

Tinha aprendido também, em suas leituras, que durante a decadência do império os costumes se afrouxaram. Ter uma amante, por exemplo, era um esporte tolerado, um hábito tolerado para os homens casados. Não tinha consequências, senão algum comentário malicioso no salão da moda. Aliás, *Anna Kariênina* começa com a visita de Anna ao irmão, que está tendo uns problemas conjugais causados por uma infidelidade cometida com a babá de seus filhos.

Irene sempre se perguntava se por trás do divórcio de seus pais haveria algo assim. A mãe não queria tocar no assunto, e ela não tinha tanta intimidade com o pai para lhe fazer essa pergunta. Ambos tinha se limitado a fazer um discurso hermético e desanimado sobre o tema "tinham se tornado muito diferentes um do outro". No entanto, um brilho duro nos olhos de sua mãe e os lábios contraídos quando alguém se referia a seu ex-marido faziam Irene desconfiar que havia outra coisa.

Martha deu-lhe um chute por baixo da carteira.

– Ai! Por que fez isso?

– Shhhh... Olhe para trás. Disfarce, deixe cair o lápis.

Irene obedeceu, e viu Liam com os olhos fixos nela, absolutamente embasbacado. Parecia até que ela era um osso suculento, e ele, um cachorro faminto. Pegou o lápis, mas não quis prosseguir naquele joguinho.

Tinha certa pena de Liam, que vivia caçando o que lhe passava pela frente. Achava que era um Don Juan, mas não percebia que nem escolhia as garotas com quem saía. Limitava-se a sair com todas que estivessem disponíveis, sempre com aquela urgência, aquela sede nunca satisfeita de ter a agenda cheia, pouco importando com quem.

Comparou sua decepção de poucas semanas atrás com a de Kitty, uma das personagens de *Anna Kariênina*.

Kitty é uma moça jovem e inexperiente, que se deixa impressionar pelo conde Vronsky. Ele a corteja com sucesso, e tudo parece indicar que o romance levará ao casamento. Mas a chegada de Anna, por quem o rapaz se apaixona imediatamente, põe fim às ilusões de Kitty, que cai gravemente enferma por causa dessa desilusão amorosa.

As lágrimas de Irene duraram pouco e acabaram até se revelando úteis. De todo modo, não tinha mais a menor vontade de pensar em Liam: aquele joguinho de troca de olhares lhe parecia uma perda de tempo.

– Vamos, meninas, vamos trabalhar um pouco. Tenho certeza de que seremos as primeiras que a "cacatua" vai mandar ao quadro.

16. Uma corrida até o penhasco

Sexta-feira à tarde Irene ajeitou suas coisas e foi se sentar na arquibancada do estádio de atletismo para ler. Estava precisando de um pouco de tranquilidade.

Tinha se tornado tão popular que Martha não parava de lhe propor planos e saídas noturnas. Andava atrás dela por todo lado, com aquela voz de passarinho, tentando-a com festas, cervejas no *pub* e passeios clandestinos.

Aquela tarde conseguiu escapulir, aproveitando que a inglesa estava ao telefone com um dos seus paqueras.

Saboreando enfim a solidão, respirou fundo, enchendo os pulmões com o ar frio e estimulante do fim de novembro. Depois, tomou um gole do chá de frutas que tinha comprado na cantina do colégio. O vento lhe batia no rosto, e Irene podia sentir que a umidade ia aos poucos impregnando sua roupa, mas pelo menos não estava chovendo.

Levantou a gola do casaco, tomou mais uns goles de chá e abriu a velha edição de *Ana Kariênina*, que pegara na biblioteca dias antes.

Queria se concentrar no livro e principalmente nas anotações que mais uma vez havia encontrado nas margens das páginas. Tinha grandes suspeitas de quem poderia ser o comentarista da esferográfica; foi uma das anotações que lhe deu a pista:

> *RACHMANINOFF*
> *CONCERTO Nº 2*
> *OS SENTIMENTOS*
> *SEMPRE ACABAM*
> *AFLORANDO.*

O comentário, que a fizera pensar de imediato em Peter Hugues, surgia no final de uma cena muito emocionante em que Ana está assistindo a uma corrida de cavalos acompanhada do marido. Vronsky, seu amante, é um dos cavaleiros e cai do cavalo em plena competição. Ana não consegue disfarçar seu desespero, achando que algo grave pode ter acontecido. Com sua reação, deixa evidente diante de toda a alta sociedade e do próprio marido o que sente pelo conde.

Irene estava confusa. Tinha certeza de que as anotações eram de seu professor, mas não sabia se ele as colocara ali para que ela as visse ou se escrevera havia anos e ela agora estava lendo por acaso.

Continuava achando as outras anotações, que pareciam ter sido feitas por um aluno, muito divertidas, mas não tinha a mínima ideia de quem poderia ser o autor. Numa página tinha sublinhado a seguinte frase:

Dois homens, seu marido e seu amante, constituíam para ela os dois centros da vida, e sem a ajuda dos sentidos percebia a proximidade de ambos.

Ao lado, escrevera:

Essa tal de Kariênina está com tudo!

Irene riu involuntariamente. Embora aquelas linhas banalizassem o sofrimento de Ana, de quem não se podia dizer exatamente que *estava com tudo*, elas contrastavam com a solenidade dos comentários de Hugues.

De repente, sentiu uma mão pousar em seu ombro.

– Bu!

– Muito engraçado, mas não me assustou – disse, ao ver que era Marcelo.

– O que está fazendo aqui vestida desse jeito? Não vai correr hoje?

– Já corri de manhã – respondeu Irene, fechando o livro de má vontade.

– Que tijolão você está lendo. *Anna Kariênina*... É sobre o quê?

– Não dá para explicar assim. Vai à festa do Recesso de Inverno esta noite? – perguntou ela, mudando de assunto.

– Tenho que sair, e acho que não vai dar tempo. O sr. Graham está doente de novo e me pediu para buscar uns remédios na farmácia da cidade. Vou de moto e deve demorar um pouco.

– Você está parecendo uma irmã de caridade. Não gosta de sair de noite, quase não bebe, leva remédio para os velhinhos da aldeia... Como pode ser tão bonzinho? Olhe, se for à festa esta noite, prometo que danço com você – disse ela, provocante.

– Sendo assim, estarei lá, com toda certeza. Mas já vou avisando que não gosto muito dessas festas.

– Ótimo, então nos veremos lá. Assim você poderá comprovar que eu corro muito melhor que danço – disse ela, brincando.

– Por falar em correr, leu o artigo sobre os *fartleks* que lhe dei?

Irene tinha uma vaga lembrança de que ele havia lhe deixado uma revista especializada, mas não prestou muita atenção de tão entretida que estava com suas outras leituras. E agora não sabia o que significava aquela palavra esquisita.

– Tudo bem, dá para explicar rapidinho. Os *fartleks* são treinos para melhorar a corrida de fundo usando as mudanças de ritmo. A pessoa treina em campo aberto, em terrenos irregulares como este. Se você se animar, podemos começar a treinar assim no fim de semana.

– Se você acha que funciona, eu topo... Falta cerca de um mês para a corrida de fim de trimestre!

– Tenho certeza de que você vai ficar entre as primeiras, Irene. Já não sirvo nem mais para ser seu coelho!

– Claro que serve, seu bobo – disse ela, rindo.

– Na verdade, aquele dia, você só me pegou porque me distraí.

– Ah, qual é? Peguei você porque sou muito mais rápida!

– Pois vamos tirar a prova – retrucou Marcelo, entusiasmado. – Está desafiada para uma corrida até o penhasco. Vamos ver se ainda sirvo para ser seu treinador.

– Mas vestidos desse jeito? E sem tênis?

– Está com medo? – perguntou ele, provocando-a.

– Medo? Eu? Você vai ver só.

Irene tirou o casaco e se preparou para correr com seu vestido de princesa. Por sorte não estava de salto alto.

Desceram da arquibancada, e Marcelo começou a correr perto do galpão das ferramentas. A moça achou que era uma sorte não ter ninguém treinando àquela hora, senão iam achar que eles dois eram maluco, rindo e correndo loucamente, vestidos como se fossem sair.

Marcelo logo se pôs mais à frente, e Irene apertou o ritmo, tentando alcançá-lo. De vez em quando ele virava a cabeça e dizia algo para tirar sua concentração, mas Irene não se dava por vencida. Estava estragando as solas de suas sapatilhas novas com as pedrinhas e a lama do caminho, mas aquilo não tinha importância. Estava decidida a ganhar de qualquer jeito e provar que podia correr mais rápido.

Era praticamente impossível, já que Marcelo media quase meio metro mais que ela e treinava com a equipe de atletismo desde garoto. Mesmo assim, Irene correu como nunca, quase chegando a alcançá-lo.

No último minuto Marcelo teve de segurá-la pela cintura, pois parecia até que ela não ia conseguir parar quando chegasse ao abismo onde terminava o penhasco.

– Ei, aonde você vai? O chão termina aqui! A partir desta pedra, só os pássaros competem.

– Não vou a lugar nenhum, estava só correndo. Está certo, você foi mais rápido. Desta vez...

Os dois estavam suados e ofegantes por causa do esforço. Marcelo continuava segurando-a pela cintura e, sem afrouxar o abraço, apertava-a suavemente contra si. Irene percebeu que estava toda arrepiada, da ponta dos dedos dos pés ao último fio de cabelo. Engoliu em seco, convencida de que o rapaz ia notar sua perturbação. Mesmo assim, não quis se afastar.

Nunca tinha visto Marcelo assim tão de perto, e reparou que ele tinha uma boca muito bonita, com lábios vermelhos e carnudos. Uma onda de calor percorreu sua pele. Ele a segurava com firmeza, mas delicadamente, como se ela fosse um objeto valiosíssimo. Por um instante, Irene teve certeza de que estava segura nos braços dele e que, acontecesse o que acontecesse, ele nunca a deixaria cair.

O vencedor da corrida aproximou o rosto do seu e disse:

— Se quisesse, poderia beijá-la agora e você não teria como me impedir.

— Pode ser, mas você não vai fazer isso — retrucou Irene, ofegante.

— Por que tem tanta certeza?

— Em primeiro lugar, porque no fundo você é um cavalheiro. Eu o conheço.

Irene viu a boca do rapaz se aproximar irremediavelmente e se perguntou o que ia acontecer em seguida.

— E em segundo lugar? — perguntou ele, quase num sussurro.

— Segundo... Porque você não tem coragem!

Aproveitou o desconcerto de Marcelo para desvencilhar-se do seu abraço, já que por um segundo ele diminuiu a força com que a segurava. Segurou a barra do vestido e, rindo, começou a correr em direção à pista.

Marcelo ficou só olhando, vendo-a se afastar, até a sua silhueta se tornar uma mancha difusa entre as árvores.

17. Festa de recesso de inverno

Quando Irene soube, meses atrás, que seus pais iam mandá-la para um internato britânico, logo imaginou um lugar frio e chuvoso, com grandes nevascas no inverno.

Pôs na mala um anoraque de esqui e umas botas impermeáveis bem grossas e forradas. Tinha usado aquilo umas poucas vezes, principalmente nas primeiras semanas, mas na verdade os invernos da Cornualha não eram tão frios quanto ela temia, e era raro nevar.

Chovia bastante, isso sim, e muitos dias amanheciam enevoados, mas o frio era suportável, mesmo para uma garota mediterrânea como ela.

Por isso, achou estranho que o cartaz da Festa de Recesso de Inverno, o tão esperado evento da chegada do inverno no Saint Roberts, tivesse como tema a neve. O slogan era pouco imaginativo: *"Venha para o calor!"* Os alunos do último ano, encarregados da organização, não tinham exatamente posto o cérebro para funcionar, pensou ela.

Desde a semana anterior havia cartazes pendurados por todo lado, apresentando o mascote da festa: um enorme boneco de neve, batizado de *Snowy*, e que ia comandar o baile lá de cima do palco. Em sua homenagem, todos deviam usar uma peça de roupa de cor branca, requisito imprescindível para que o comitê organizador deixasse alguém entrar.

A Festa de Recesso de Inverno ia acontecer no ginásio da escola, transformado em discoteca por algumas horas. Martha lhe dissera que a festa existia há pouco tempo. Tudo começou com a reunião clandestina de um punhado de alunos mais velhos, que se reunia para beber e dançar no estacionamento dos professores.

Quando a direção do colégio tomou conhecimento, decidiu que, como o desejo de diversão dos alunos não ia desaparecer, o melhor mesmo seria canalizá-lo para poder exercer algum controle sobre a situação.

Desde então, as séries mais avançadas eram autorizadas a organizar todos os detalhes. Uma vez na vida os professores faziam vista grossa e logo saíam da festa para que os alunos pudessem se divertir à vontade. Cabia aos organizadores manter a ordem e a segurança ali dentro. Nos anos em que a festa se realizou nunca houve nenhum incidente mais sério, a não ser um ou outro banho noturno no lago das carpas mutantes.

Irene passou a tarde inteira no quarto com Martha, que estava empolgadíssima e já tinha experimentado cinco roupas, sem conseguir se decidir por nenhuma delas. A amiga, então, lhe sugeriu um traje ao acaso: uma saia curta preta e uma camiseta justa, com a frase *Let The Hamsters Free*. Tinha o desenho de uma gaiola com a roda de plástico que normalmente serve para esses bichos brincarem.

Irene por sua vez vestiu o conjunto que comprara na Blessthatdress especialmente para a ocasião: calça preta bem justa, com um ligeiro ar anos 1980, uma blusinha de seda também preta, com transparências nas mangas. O caimento das duas peças era especial, como tudo que adquirira naquela loja *vintage*, e parecia ter sido feito sob medida para ela. Traçou um dramático risco preto sobre os cílios espessos e, excepcionalmente, pintou os lábios de um vermelho eletrizante.

Estava sensual, mas ao mesmo tempo sentia-se confortável. Era a roupa perfeita para uma noite de badalação, embora Irene acreditasse que não ia aguentar a tal festa por mais de duas horas. Pelo que tinha ouvido até agora, a Festa de Recesso de Inverno parecia ser o típico bailezinho com cerveja vagabunda e música ruim.

Quando entrou no ginásio, que estava todo escuro, a não ser pela luz que vinha de uns holofotes possantes pendurados no teto, percebeu que estava absolutamente enganada. A festa não tinha nada de bailezinho típico.

As pessoas estavam usando, exatamente como Martha lhe avisara, suas melhores roupas. Demorou até para reconhecer alguns dos seus colegas porque não estava acostumada a vê-los vestidos assim.

Eram muitas saias curtas, muitos jeans justíssimos, muitas blusas sem mangas, muito gel no cabelo e muitos, muitos saltos altos.

Havia no ar um cheiro intenso, mistura dos perfumes fortes de algumas garotas e da torta de cenoura com canela que a cozinha do colégio, seguindo uma tradição cuja origem todos desconheciam, havia preparado.

A primeira coisa que chamou sua atenção foi que, diferentemente das poucas discotecas de Barcelona que conhecia, onde todo mundo se vestia igual – eles de jeans e camiseta lisa, elas de jeans e blusinhas provocantes –, os ingleses adotavam *looks* mais variados.

Alguns rapazes estavam com o clássico jeans, mas usavam também jaquetas por cima de camisetas com frases divertidas.

Outros optaram pelas calças largas, com a bainha arregaçada, chapéu de feltro, camisetas com a bandeira da Jamaica, camisas de xadrez, correntes, pulseiras metálicas...

Algumas meninas estavam de saia, em geral curtas; muitas outras escolheram jeans, e umas poucas estavam de vestido. Todas, sem exceção, haviam tirado do armário a roupa mais provocante que tinham, e se exibiam pela pista, com uma cerveja na mão, remexendo os quadris ao ritmo de uma música bem aceitável.

Apesar do que anunciava o cartaz, os alunos das séries mais adiantadas tinham se esmerado na adaptação do ginásio, que estava irreconhecível. Havia luzes coloridas, um equipamento de som muito possante, um aluno encarregado da música com pose de DJ profissional e um generoso sortimento de bebidas e *snacks*. Do teto pendiam umas vistosas bolas de neve, cobertas de purpurina, que lançavam reflexos hipnóticos quando eram atingidas pelos focos de luz. No meio da pista, em cima de uma espécie de tablado, tinham posto *Snowy*, o simpático boneco de neve, que piscava e levantava o polegar, desejando a todos os alunos um frio e divertido inverno.

Irene ficou feliz por ter se esmerado na maquiagem e na roupa para não destoar. A música era animada, e era impossível não acompanhar o seu ritmo com os pés. Sentou-se numa das cadeirinhas de madeira que cercavam a pista para observar o ambiente, mas logo Martha apareceu, com duas cervejas na mão e cara de poucos amigos.

– Que cara de pau! Não é que ele apareceu na festa com outra garota?

– Quem?

– Quem poderia ser? Josh! Olhe só, ele está ali de mãos dadas com sua nova gatinha. Incrível!

O bolsista da biblioteca estava se dirigindo para a pista de dança com uma desconhecida muito bonita.

– Mas vocês estavam saindo? – Irene sempre acabava se perdendo com as idas e vindas amorosas de sua colega de quarto.

– Não exatamente... Faz uma semana que não atende o telefone. E agora isso! A cabeça dos homens fica entre as pernas, pode acreditar! Depois que conseguem o que querem, nos desprezam e passam com outra bem na nossa cara. Desgraçado!

– Não estou querendo ser do contra, mas você saiu de carro com Mark outro dia.

– É diferente!

– Por quê?

– Eu já sabia que ele estava se afastando, mas ele não sabia que eu sabia. Essa é a diferença, entendeu?

– Para dizer a verdade, não muito, mas pode contar com todo o meu apoio – apressou-se a acrescentar.

– Além disso, Mark tem a libido de um peixe com gelatina, como aqueles que servem lá no Dog & Bone. Naquele dia lembrei por que parei de sair com ele. Fiz o que pude, cheguei a meter a mão na calça dele enquanto ele dirigia, mas, na hora da verdade... Você nem imagina, parece até uma enguia: frio e escorregadio! E não suporto os caras que não sabem beijar. Mark enfia a língua lá dentro e deixa a boca da gente cheia de cuspe. Um nojo!

Felizmente, a conversa foi interrompida pela entrada triunfal de Heather no baile. Era óbvio que a loura já tinha tomado umas cervejas, porque mal conseguia andar em linha reta. Pouco antes de chegar onde estavam as cadeiras, tropeçou nos próprios pés e caiu. O seu azar foi tanto que a saia rodada que estava usando subiu até a cintura e deu aos presentes uma visão panorâmica de sua calcinha. Martha começou a rir, e Irene se levantou para ajudá-la.

— Você está bem?

— Estou, acho. Não devia ter bebido esse último drinque, mas Jared insistiu tanto... Ah, Irene, não acredite nos rapazes, todos querem a mesma coisa; depois, se esquecem da gente.

E começou a chorar, desconsolada. Martha aproveitou a oportunidade e sumiu.

Irene ficou tentando encontrar as palavras certas para acalmar Heather. Limpou os borrões da sua maquiagem com um lencinho de papel e afastou o cabelo que lhe caía nos olhos.

— Ah, Irene, você é tão boazinha! Gosto de gente assim. Também sou boazinha, sabe?

— Claro que sei, Heather.

— Você gosta de mim?

— Gosto, gosto muito.

Heather voltou a soluçar, e Irene decidiu que estava mais que na hora de levá-la para o quarto e botá-la para dormir. Por sorte, Rosalinde, colega de quarto de Heather, apareceu e arrastou a amiga até o banheiro para refrescá-la e lhe servir um café. Nesse momento, Martha, que acompanhou a cena toda de longe, resolveu reaparecer.

— Venha, forasteira, está na hora de dançar!

As duas correram para a pista, e Irene, que já estava cheia de ouvir declarações catastróficas sobre os rapazes, se deixou levar pela música. Estava tocando um *funk* de ritmo bem marcado que faria até um defunto se levantar.

Martha jogou uma boa dose de uísque dentro da cerveja. Tinha escondido no bolso uma dessas garrafinhas de frigobar de hotel. Irene tomou um gole. O gosto era horrível, mas a bebida lhe subiu à cabeça e logo ela se viu rindo e dançando como uma louca ao lado da inglesinha, que agitava os braços para cima e para baixo e rodava feito um pião. Quando ficava tonta, começava a fazer uns movimentos na diagonal, como uma daquelas *gogo girls* em cima do balcão do bar de uma discoteca.

Depois de vinte minutos de dança frenética, ficaram felicíssimas quando começaram a tocar umas músicas mais lentas. Assim podiam recuperar um pouco as forças.

Mal tinham se deixado cair nas cadeiras quando Liam surgiu. Ele estava lindo de tirar o fôlego, com aquele cabelo louro para trás das orelhas e uma camisa branquíssima de marca. Martha teve um sobressalto ao vê-lo, mas Irene nem se mexeu.

– Oi, Irene. Você está muito bonita com esse penteado novo.
– Obrigada – disse ela, secamente.
– Quer dançar? – perguntou ele, com sua voz mais sedutora.
– Não. Melhor não, prefiro descansar.
– Tem certeza?
– Absoluta.
– Então vou dançar com Martha – declarou o rapaz.

A outra a fitou, pedindo-lhe permissão com os olhos. Irene deu de ombros. Pouco lhe importava o que Liam fizesse, e se Martha quisesse dançar com ele, que dançasse.

Os dois não se afastaram muito. Sua amiga a fitava com os olhos bem abertos e tentava se desculpar sem falar, fazendo cara de vítima. Depois o casal se virava, seguindo o ritmo da música, e era ele quem a observava, apertando os lábios, com a mesma raiva que Irene tinha visto no Dog & Bone, quando Peter o pôs em seu devido lugar.

Irene já estava se sentindo constrangida com tantos olhares. Justamente quando começou a pensar em ir embora, Josh parou diante dela, fazendo uma de suas reverências teatrais.

– Ratinha!
– Josh! Como você está bonito! – elogiou, aliviada por ele a tirar daquela situação difícil.

O bibliotecário estava com a mesma roupa da festa clandestina lá no seu quarto: uma camiseta branca de algodão e o cabelo liso bem penteado. Ela olhou aquele nariz pequeno e perfeito sob uns olhos doces de urso-pardo, normalmente escondidos atrás dos óculos de lentes grossas.

– Você é que está impressionante. O que fez? – perguntou, pegando-a pelos ombros e fazendo-a dar uma voltinha, literalmente boquiaberto.

– Quase nada, foi só um corte de cabelo.

– Uau! Ou será que eu deveria dizer "miau", Ratinha? – exclamou ele, acariciando o cabelo da moça com o dorso da mão.

– Onde está a sua garota? – perguntou Irene.

– Achou que isso aqui estava muito chato e me deixou plantado.

– Ora, sinto muito.

– Eu não, assim podemos conversar sobre nossas coisas – disse ele, em tom de confidência, chegando a cadeira mais para perto dela. – O que está lendo esta semana? Continua com aqueles romances românticos?

– Estou lendo *Anna Kariênina*.

– Nesse caso, está desculpada. Tolstói era um verdadeiro gênio e um idealista.

– Fundou uma espécie de escola alternativa para os pobres, não é mesmo? Mas depois ela acabou sendo fechada.

– Verdade. Ele foi um daqueles que quiseram mudar o mundo. O precursor da não violência, e suas ideias inspiraram Gandhi e Martin Luther King. Mas também fez umas coisas muito estranhas. Era filho de uma princesa e de um conde, mas acabou trabalhando como sapateiro várias horas por dia, comendo alface e dormindo num colchão no chão. Com oitenta anos fugiu de casa, porque a mulher não aceitava que ele quisesse viver como um monge.

— Todos temos uma história, não é? – acrescentou Irene, que não tinha prestado muita atenção à preleção de Josh.

— Com certeza.

De repente, o bibliotecário a fitou como se a visse pela primeira vez. Sem conseguir resistir ao impulso, voltou a acariciar o cabelo da moça.

— E qual é a sua, Josh? – indagou Irene, curiosa, enfrentando aquele olhar e sem se desvencilhar do carinho.

— A minha é... uma história comprida e chata. Tenho certeza de que a sua é muito mais interessante, forasteira. Venha, vamos dançar e você me conta tudo.

Passou a mão pela cintura dela e a levou para o meio da pista.

Irene se sentia bem com ele. Era uma das pessoas com quem mais conversava no Saint Roberts. Embora na verdade não o conhecesse direito, simpatizava com o rapaz. Além disso, era emocionante conviver com ele fora do seu hábitat natural, a biblioteca. Enquanto ele a abraçava, ela sentia o seu cheiro, um aroma suave de xampu e roupa recém-lavada. Gostava dos garotos que cheiravam a limpeza e nada mais.

Quando se virou na direção das cadeiras, lembrou-se de Martha e Liam, que continuavam dançando bem colados, perto dali. Sua colega de quarto os observava havia algum tempo e a fitava como se quisesse matá-la. Irene tentou ignorá-los, mas sua amiga estava disposta a armar uma cena para recuperar a atenção de Josh e de quebra magoar Irene. Sem mais nem menos, agarrou Liam pelo pescoço e começou a beijá-lo selvagemente.

Heather, que tinha conseguido voltar para a festa, puxou Irene pelo braço e perguntou:

— Você não vai dar uns bons tapas nessa vigarista, ladra de namorados?

Irene não disse nada. Não sabia se era por causa do uísque com cerveja que tinha tomado, ou por causa daquela situação desagradável, mas estava começando a ficar enjoada.

– Acho que esses dois não vão nos deixar em paz a noite toda – sussurrou Josh. – Quer sair daqui e ir para um lugar mais tranquilo?

– Por exemplo?

– Nós, os organizadores da festa, montamos um pequeno *chill out* no andar de cima. É só para VIPs.

O bibliotecário a pegou pela mão e, com a maior agilidade, a tirou do ginásio. Ainda enjoada, Irene o seguiu pelas escadas, sem fazer objeção.

Quando chegaram ao andar de cima, onde a moça nunca havia estado, porque aquele lugar não era usado para nada, Josh parou e tirou uma chave do bolso. A porta se abriu com um rangido. Havia ali uma velha placa em que se lia:

LABORATÓRIO DE QUÍMICA

18. Química e física

Uma música suave, com um fundo de ondas do mar, saía do velho laboratório. Sem largar a mão de Irene, Josh a levou lá para dentro. Havia pouca luz. A sala enorme estava decorada como se fosse um *chill out* de praia, com sofás, velas e uns almofadões brancos espalhados pelo chão.

Várias esteiras de bambu faziam as vezes de paredes, dividindo o laboratório em pequenos camarotes, que podia ser fechados com uma cortina para preservar a intimidade de quem estivesse ali dentro. As lâmpadas vermelhas que pendiam do teto davam ao local um aspecto sórdido, e os risinhos, murmúrios e gemidos que vinham dos compartimentos mais próximos não deixavam dúvidas.

Irene hesitou e quase fugiu daquela espécie de picadeiro para o qual o bibliotecário a tinha levado. Mas a curiosidade para saber o que o rapaz faria em seguida era muito grande.

Nunca tinha estado num lugar como aquele, e o álcool que ingerira a deixava mais ousada que de costume. Além disso, estava com Josh. Ele era delicado, e por isso Irene disse consigo mesma que se as coisas estivessem indo longe demais e ela não se sentisse à vontade, não teria dificuldades para contê-lo.

Josh tirou duas garrafinhas de cerveja de uma geladeira meio escondida numa estante. O que deixou claro que ele conhecia o lugar como a palma da mão.

Foram andando bem juntos por uma espécie de corredor e entraram no último compartimento, que exibia claros indícios de ter sido usado havia pouco. Com cara de nojo, Josh se apressou a tirar bem do meio da saletinha dois copos meio vazios e algo que, na penumbra, pareceu a Irene uma calcinha preta.

– Tem muita gente vulgar por aqui – disse ele com repugnância, enquanto fechava as cortinas.

Irene se sentou no sofá, e ele se pôs ao seu lado, bem pertinho. Seu joelho roçava no dele, e a garota se sentiu excitada, na maior expectativa. Achou curioso que ali tivesse sido um antigo laboratório de química e que agora os veteranos do Saint Roberts o tivessem transformado numa espécie de laboratório do amor.

Naquela noite, ia deixar que Josh fizesse experiências com ela. Não sabia até onde ia chegar; veria quando chegasse a hora. Ele, porém, parecia hesitar, como se não soubesse muito bem que passo dar a seguir.

– Quer que eu apague a luz? Posso desatarraxar a lâmpada e...

– Nem pensar. Quero ver tudo que estiver acontecendo.

– É só isso que acontece – replicou Josh, tirando a camiseta e deixando à mostra o torso nu.

Como acontecia com os traços do seu rosto, seu peito parecia talhado a cinzel, como uma escultura grega. Tinha a pele muito clara e os músculos do abdômen bem definidos. Irene nem respirava.

– Por que tirou a camiseta?

– Porque está calor.

– Mas não estamos festejando a chegada do inverno? – perguntou Irene, num sussurro.

– Não enquanto você estiver por perto, Ratinha.

Dizendo isso, aproximou-se ainda mais e a beijou lentamente, como se tivessem todo o tempo do mundo.

Irene não esperava por isso. Tinha imaginado que antes conversariam um pouco e ele voltaria a acariciar o seu cabelo, como lá no ginásio. Que depois as suas mãos se tocariam, como que por acaso, e finalmente talvez ele se atrevesse a beijá-la.

Mas o calor do peito de Josh encostado ao seu e os lábios dele tocando cada centímetro do seu rosto fizeram com que ela esquecesse todas aquelas ideias preconcebidas. A partir daquele instante, parou de pensar e se dedicou apenas a sentir.

Vencendo a timidez, Irene o abraçou e começou a acariciar suavemente as suas costas, rijas como as de um nadador profissional. Josh então segurou seu rosto com as mãos, fitou-a com um desejo irrefreável e voltou a beijá-la, dessa vez com mais urgência.

– Gosto muito de você, Irene. Há semanas que venho sonhando com isso – disse ele em voz baixa.

– Verdade?

Irene não estava com a menor vontade de falar e sabia que o que ele sentia por ela não era exatamente amor. Preferia não pensar em nada e continuar explorando, percorrendo com os dedos todas as reentrâncias quentes de seu peito e de seu abdômen vigoroso e macio como uma tábua bem polida.

– Desde o primeiro dia em que a vi. Você é muito bonita, é tão...

Desta vez foi ela que o calou com um beijo profundo e intenso. Queria se perder em sua boca, desaparecer, fundir-se naquele calor agradável. Não precisava de mais palavras. Josh a acariciava cada vez mais, e suas mãos deslizaram por sua roupa, procurando os seus seios. Ergueu a blusa dela, e a própria Irene se encarregou de tirá-la, com um movimento rápido, deixando à mostra o delicado sutiã branco, que usava para cumprir o requisito de entrada na Festa de Recesso de Inverno.

Josh emudeceu e a fitou abobalhado por alguns segundos. Irene o beijou novamente, muito excitada, e ele se ajoelhou no chão, entre as suas pernas. Segurou-a pela cintura e começou a beijá-la bem devagar da barriga até os seios. As suas mãos lutavam com o fecho do sutiã. A moça percebeu que ele estava ficando nervoso, pois os seus dedos tremiam. Talvez por não conseguir abri-lo.

– Espere, eu abro.

Com um gesto certeiro, Irene tirou a peça de roupa, deixando-o ver seus seios branquíssimos, perfeitos, suaves. Josh se afastou alguns centímetros, como se quisesse apreciar toda a sua beleza, enquanto ela gemia, vencida pelo desejo.

Mas o rapaz não se aproximava. Parecia hesitar de novo como no começo.

Com brandura, Irene o segurou pela cabeça e o puxou para si, até que o rapaz ficou em cima do seu corpo. Abraçados, os dois rolaram no sofá até caírem sobre as almofadas. Irene ria às gargalhadas, sem deixar de abraçá-lo. A pele dele era incrivelmente macia para a de um rapaz e simplesmente não conseguia deixar de tocá-lo.

Josh se colou mais a ela, e a moça suspirou ao sentir o volume duro que lhe pressionava os quadris. Ele arfava, como se tivesse dificuldade em conter a excitação.

– Irene, Irene... – gemia.

Irene escorregou uma das mãos até a barriga dele, tentando enfiá-la na calça. Estava inteiramente desinibida e muito curiosa, já que nunca tinha chegado tão longe assim com um rapaz.

Josh suava e continuava arfando e gemendo, até que de repente se calou e se desvencilhou dos braços de Irene.

– O que foi? Fiz alguma coisa errada? – perguntou ela.

O bibliotecário estava pálido como um fantasma, e o seu lábio inferior tremia. Baixando os olhos, Irene descobriu o motivo de seu constrangimento. Uma enorme mancha na sua calça branca, escolhida especialmente para a Festa de Recesso de Inverno.

Josh enrubesceu, vestiu a camiseta às pressas e lhe atirou a sua blusa. Murmurou uma desculpa com um fio de voz e saiu correndo, sem sequer fechar as cortinas.

19. *Winter Crash*

Irene voltou para o quarto sem passar pelo ginásio. Não estava a fim de enfrentar outra vez o barulho da festa e muito menos Martha, que devia estar uma fera por ver que Josh e ela tinham desaparecido juntos. Além disso, precisava pôr as ideias em ordem e pensar sobre o que acabara de acontecer.

Assim que chegou, com a cabeça ainda atordoada pelo álcool, tirou os sapatos e sentou-se na cama com o notebook no colo. Abriu a caixa de entrada, torcendo para que alguma de suas amigas de Barcelona estivesse conectada naquele momento. Precisava conversar um pouco e se abrir com alguém.

Enquanto esperava a conexão, ligou o iPod no modo randômico e pôs os fones de ouvido. Soaram os primeiros acordes do *Concerto Nº 2*, de Rachmaninov, que gravara para o trabalho de Hugues, e o piano teve um efeito tranquilizador sobre seu coração, agitado pelos acontecimentos da noite.

Ninguém estava conectada àquela hora, mas havia uma mensagem de Zoe, perguntando a ela como estavam as coisas e se tinha conhecido algum garoto interessante. Havia também uma mensagem de sua mãe. Irene tinha se esquecido de responder a um torpedo da véspera, em que sua mãe propunha que se falassem por telefone no fim da tarde. Começou a responder, mesmo sem vontade, só para não levar uma bronca:

> **De**: Irene
> **Para**: Mamãe
> **Assunto**: Re: Está viva?
> Oi, mãe,
> Desculpe-me por não ter respondido a sua mensagem de ontem. Fiquei atolada, preparando um trabalho, e depois já era tarde para ligar. Por aqui, tudo bem. Continuamos sem neve, e dizem que é difícil que isso venha a acontecer.
> Recebi o pacote que você mandou com as cadernetinhas e o suéter, que é lindo. Mil vezes obrigada!
> Espero que não esteja com muito trabalho e possa sair um pouco esse fim de semana. Amanhã telefone na hora de sempre.
> Beijo,
> Irene.
> PS: Antes que comece a perguntar, estou acordada a essa hora estudando para uma prova, mas já, já vou apagar a luz e vou dormir. ;-)

Irene pôs o computador na escrivaninha, sem nenhum remorso pelas mentiras piedosas que acabara de contar. Sua mãe ainda estava sensível e não queria preocupá-la com as suas coisas.

Caiu na cama com as mãos atrás da cabeça e ficou ouvindo o romântico concerto de Rachmaninov. Para ela, aquela música apaixonada e melancólica encarnava toda a magia e delicadeza do amor. Nada a ver com as cenas um tanto sórdidas que acabara de viver ao lado de Josh.

Não entendia muito bem por que tinha entrado no jogo do rapaz ao ir com ele para aquele lugar reservado. Lembrou que achara ele bem bonito na noite da festa clandestina do seu quarto, mas nunca tinha se interessado por ele. A não ser para conversar um pouco na biblioteca. Pelo visto, Josh pensava nela de outro modo, embora ela mesma nunca tivesse percebido nada.

Irene se perguntou se por trás de tudo aquilo havia apenas curiosidade. Ou o fato de ter mudado de aparência e, de certo modo, ter se transformado em outra a tinha impelido a se lançar numa aventura?

O concerto estava terminando e de repente ela se sentiu vazia.

Fora divertido se deixar levar uma vez na vida, disse consigo mesma. A experiência com o bibliotecário tinha sido agradável e muito excitante, apesar do final desastroso, mas não tinha a mínima vontade de repeti-la. Na próxima vez em que ficasse com um garoto, queria pôr toda a sua alma nesse momento, vivê-lo como uma experiência única e ao mesmo tempo eterna. Como o concerto de Rachmaninov.

Será que o amor sublime que Hugues e ela estudavam naquelas aulas particulares existia na vida real? Ou era só uma ficção que invadia alguns românticos nas suas noites de insônia?

Se só existia nos romances, então, o que era o amor? Dois corpos procurando-se no escuro, sem que um saiba nada sobre o outro? Seria apenas isso? Depois daquela experiência no laboratório, perguntava-se o que sentiria quando beijasse a boca do seu amado, quando acariciasse a pele e o cabelo de alguém que fosse realmente importante para ela.

Pôs o pijama e se enfiou na cama com *Anna Kariênina*. Um pouco de leitura a deixaria ainda mais calma, e talvez assim conseguisse pegar no sono. Já estava na metade do livro e tinha se envolvido com as histórias principais. Por um lado, a de Ana e Vronsky.

Grávida do conde, Ana acaba confessando ao marido seus sentimentos e se põe em suas mãos. Ele se nega a conceder o divórcio e a ameaça de separá-la definitivamente de seu filho. Ana compreende que sua decisão de viver uma paixão ilícita a privara de tudo. Só lhe resta Vronsky, nada mais.

E havia também a história de Levine e Kitty. A moça, que em outros tempos só tinha olhos para Vronsky, acaba se casando com Levine, a quem de início repelia.

Irene leu um trecho em que o jovem casal acaba de discutir.

Só então Levine compreendeu, pela primeira vez, o que não compreendera ao levá-la da igreja depois do casamento. Compreendeu que não só a queria muito, como ignorava mesmo onde terminava ela, onde principiava ele, tão dolorosa a sensação de desdobramento que sentira naquele momento. De início, pareceu magoado, mas não tardou a compreender que Kitty não podia magoá-lo por ser parte dele próprio.

Comovida, Irene se perguntou como devia ser se sentir tão unida à outra pessoa. Com a alma ainda tocada pela música, sentiu saudade de um sentimento que nunca tinha experimentado. O mais perto que chegou daquele estado tinha sido com Peter, na noite em que ele a levou ao *pub*. Sentiu-se nas nuvens, quase como Cinderela com seu príncipe encantado no baile. No seu caso, porém, a história não tinha tido exatamente um final feliz.

Leu mais uma ou duas páginas, até sentir as pálpebras pesadas. Olhando o relógio na mesinha de cabeceira, viu que passava de uma hora. Não queria que Martha a encontrasse acordada e começasse uma discussão àquela altura. Apagou então a luz, mas percebeu que ia ser muito difícil pegar no sono.

Estava com sede, um efeito secundário da cerveja com uísque que tinha tomado, e mentalmente não parava de recriar repetidas vezes os momentos mais intensos da noite.

Quando se levantou no escuro para pegar uma garrafa de água, assustou-se ao ouvir umas batidinhas na janela. Foi ver quem era e ficou estarrecida ao encontrar, por trás da vidraça, a silhueta de Peter Hugues contornada pela luz da lua.

Tinha acabado de pensar nele e, como num passe de mágica, o professor aparecia, chamando-a ali na janela. E se tivesse adormecido e o que estivesse vendo através da vidraça fosse só um sonho? Conteve o desejo de beliscar o próprio braço, porque era evidente que estava acordada.

Mas o que ele estaria fazendo ali àquela hora da madrugada?

Sua cabeça começou a aventar possibilidades e rapidamente imaginou o pior. Os professores devem ter feito uma ronda de rotina pela festa e descobriram o *chill out* do velho laboratório de química. Os alunos das últimas séries tiveram que confessar e agora todos os que tinham passado por lá aquela noite iam ser punidos.

Por isso ele tinha vindo buscá-la.

Morta de vergonha, abriu a janela, preparada para receber uma bela bronca. Peter estava pálido como cera e a fitava com ar grave. Irene nem se atrevia a erguer os olhos, mas ele falou rápido e sem rodeios:

– Preciso da sua ajuda, Irene. Marcelo teve um acidente.

20. O paciente inglês

Ao ouvir as palavras de Peter, Irene sentiu que um suor frio lhe encharcava as têmporas. Lembrou-se do encontro que marcou com o rapaz na festa, algo que havia esquecido completamente, e sentiu que estava a ponto de desmaiar.

Para seu alívio, o professor explicou que Marcelo estava bem, apesar das graves consequências que um acidente como aquele poderia ter acarretado. Ao que parece, a moto derrapou no gelo de uma estrada secundária e o rapaz tinha batido com a cabeça. Conseguiu chamar uma ambulância antes de perder os sentidos e o levaram para o hospital de Truro.

Exceto por um braço quebrado e uma leve concussão cerebral, não teve nada mais sério, mas os médicos lhe indicaram que fizesse repouso absoluto. Era bem possível que sentisse vertigens e enjoos constantes por várias semanas.

Como os pais de Marcelo moravam na Austrália, o pessoal do hospital ligou para o colégio e falou com Peter, que se apressou a ir buscá-lo. Assim que saiu, no entanto, se deu conta de que não teria como carregar Marcelo sozinho para o carro, pois ele estava tão sedado com os remédios que suas pernas não funcionariam. Por isso decidiu buscá-la.

— Mas por que eu? Não me entenda mal, mas não sou exatamente uma pessoa forte, e Marcelo tem quase um metro e noventa de altura.

— Não sabia a quem mais pedir ajuda. Os médicos me disseram que, na ambulância, ele ficou repetindo o seu nome o tempo todo. Por isso, os enfermeiros que o atenderam acharam que você era namorada dele ou algo do gênero.

— Ora — balbuciou ela, envergonhada —, deve ser porque tínhamos marcado de nos encontrarmos na festa.

Chegaram ao pátio, onde Peter tinha largado o carro com os faróis e o motor ligados. Irene abriu a janelinha e ficou branca ao ver Marcelo com o rosto cheio de hematomas, o braço na tipoia, além de uma infinidade de pequenos cortes de um lado do rosto. Tinha um curativo enorme na testa e, por baixo dos esparadrapos, dava para perceber um enorme galo.

— Você com certeza sabe como chamar a atenção de uma garota — brincou Irene, tentando disfarçar seu susto.

— Um homem tem que fazer o que é necessário — respondeu ele, com um sorriso abobalhado que era resultado da quantidade de calmante que tinha tomado.

— Posso recliná-lo um pouco? — perguntou Hugues. — Eu sustento você enquanto Irene vai para a outra ponta servir de suporte secundário. Espero que não se ofenda — acrescentou, dando uma piscadela.

— Absolutamente.

Atravessaram o pátio com dificuldade até chegar à entrada do alojamento dos garotos. Marcelo caminhava com os olhos arregalados, pois dizia que quando os fechava ficava bem tonto. Mesmo assim, de vez em quando tinha uma vertigem e precisavam parar.

Felizmente, o dormitório era no primeiro andar e só tiveram de subir um lance de escadas. Assim que chegaram ao quarto, que Marcelo não dividia com ninguém, acomodaram-no cuidadosamente na cama. Irene estava fazendo um montinho de almofadas sob a cabeça dele.

– Estou bem, não preciso de mais almofadas, sério – reclamou ele.

– Quer um chá? Faço rapidinho.

Irene foi se ocupar com a chaleira e as xícaras. Por alguma razão, sentia-se meio estranha ali no mesmo quarto em que estavam Peter e Marcelo. Preferia ter as mãos ocupadas para que ninguém notasse seu desconforto.

– Deixo você em boas mãos – disse Peter ao se encaminhar para a porta. – Acredito que não precise mais de mim hoje, então, vou me recolher. Volto de manhã para ver como você está. Não se esqueça de ligar para os seus pais.

– Pode deixar, professor Hugues. Obrigado por tudo.

– De nada. Até mais, Irene.

Hugues fechou a porta sem dar tempo para respostas, mas Irene percebeu uma pontinha de ironia nos olhos dele.

– Infelizmente não vou poder ser seu coelho por alguns dias – desculpou-se o rapaz.

– Não se preocupe, isso é o de menos. O importante agora é você se recuperar.

Irene levou até ele o bule e duas xícaras numa bandejinha antiga e bem conservada de Marcelo.

– Seu quarto é bonito. E tem sorte de não ter que dividi-lo com ninguém.

– Não é ruim. Mas às vezes gostaria de ter alguém de quem eu pudesse roubar as meias.

Irene riu imaginando Marcelo dividindo o quarto com um equivalente masculino de Martha.

— Acredite em mim, você está bem melhor assim. E o chá? Está bom? Quer mais açúcar?

— Está ótimo. Desculpe-me por fazer você acordar no meio da noite por minha causa. Byron... Hugues deve ter lhe dado um baita susto.

— Não se preocupe, eu estava acordada. Mas é claro que me assustei ao vê-lo chegar. De toda forma, tenho certeza de que você passou uma noite muito pior que a nossa – acrescentou ela, dando um gole no chá. – Como foi que isso aconteceu?

— A estrada estava congelada e tive de frear para não atropelar um gambá que passou correndo. As rodas deslizaram no gelo e caí. Bati forte com a cabeça e senti que tinha quebrado o braço.

Irene engoliu em seco e continuou prestando atenção no que ele estava contando:

— Estava meio inconsciente, mas sabia que se ficasse ali deitado naquela estrada vazia ninguém me encontraria e eu morreria congelado em poucas horas.

— E o que você fez?

— Com o tombo, meu celular voou longe. Mas tive a impressão de tê-lo visto caído num canteiro próximo, embora naquelas condições parecesse que estava a uma centena de quilômetros. Foi um milagre reunir forças para rastejar até lá, mas consegui e liguei para a emergência. Depois disso não me lembro de mais nada. Só que acordei no hospital, com o rosto de Hugues a dez centímetros do meu.

— Inacreditável você ter conseguido alcançar o celular meio inconsciente e tão machucado como estava. De onde tirou forças para isso?

— Só pensei que não podia deixar este mundo sem me despedir de você – disse Marcelo subitamente sério.

Sentada a seu lado na cama, Irene o fitou e ficou em silêncio. Acariciou os dedos do rapaz, que tremiam um pouco, antes de pegar sua xícara de chá. Então, perguntou-lhe se queria mais um pouco.

Marcelo negou com um gesto de cabeça. Meio de brincadeira, com aquele seu tom característico, acrescentou:

– Além disso, tínhamos combinado. E eu precisava fazer tudo que fosse possível para ir a essa maldita festa. Aliás, como foi?

– Nem boa, nem ruim – respondeu Irene, um pouco angustiada. – Teve um pouco de tudo. Heather encheu a cara e caiu no meio da pista de dança. Tivemos que lhe dar café e pôr sua cabeça debaixo da água fria. Martha fez uma de suas cenas. O de sempre.

Irene não deu mais nenhum detalhe. Depois do que Marcelo tinha acabado de falar, sentiu vergonha por tudo que acontecera na Festa de Recesso de Inverno. Com certeza ele ia achar que ela era uma menina superficial e fácil, se viesse a saber da verdade algum dia.

– Você parece cansada. Não quer dormir um pouco? Não se preocupe comigo, Irene. Com aqueles calmantes todos que me deram, vou dormir umas doze horas seguidas.

– OK, mas volto de manhã. Tenho que vigiar você. Se eu me descuidar, você sai correndo por aí.

– Espero melhorar logo. Não quero ser um fardo para ninguém.

– Você não é de jeito nenhum – disse ela. – Eu estou feliz por você... estar vivo – acrescentou, meio sem jeito.

Marcelo já tinha fechado os olhos, e Irene não soube se ele chegou a ouvir suas últimas palavras. Ajeitou os lençóis para que ele ficasse mais confortável durante a noite. Depois de dar mais uma olhadinha, saiu do quarto sem fazer barulho.

21. O TREM

Para Irene, a semana passou muito rapidamente. Chegou ao fim quase sem que ela percebesse. Já era domingo. Os dias, ocupados com as aulas e as visitas a Marcelo, voaram. Ele ainda não podia sair por causa das vertigens que o acometiam constantemente, mas os médicos lhe disseram que estava evoluindo bem e que em poucas semanas estaria restabelecido por completo.

Na quarta-feira anterior, Irene não teve a aula de gramática do amor porque Peter foi a um seminário em Londres. Irene ficou feliz por ele marcar a aula no fim de semana, fora do Saint Roberts. Assim, poderia acabar a leitura de *Anna Kariênina*, que deixara um pouco de lado desde que começara a fazer as vezes de enfermeira.

Estava escuro ainda quando acabou de arrumar suas coisas para a viagem, e não se esqueceu de pegar o trabalho e o livro. Por trás da janela se ouvia um assobio do vento frio que sacudia os arbustos e cobria de geada os canteiros em hibernação. Parecia que o mundo tinha parado naquela manhã de dezembro, e ficaria assim, congelado, para sempre.

Peter já estava esperando no pátio, com o motor de seu velho Jaguar ligado e a calefação na máxima potência. Pegaram a estrada em direção a Truro, que àquela hora da madrugada estava deserta. Ele estava de bom humor, embora um pouco mais sério que de costume.

A viagem transcorreu praticamente em silêncio. Irene adormeceu, embalada pelo vaivém do carro e pelo calor agradável que fazia ali dentro. Peter a deixou descansar, embora de vez em quando lhe dirigisse uns olhares interrogativos que ela não percebia. Exausta, só acordou ao chegar à estação de trem de Bodmin.

Quando viu a pitoresca locomotiva a vapor pintada de vermelho, branco e verde, compreendeu o motivo de Peter tê-la levado ali. Os trens eram um tema importantíssimo em *Anna Kariênina*. No início do romance, Ana presencia um acidente na estação de Moscou em que um homem morre, o que, por sua vez, é um presságio do final trágico dela mesma, que se atira nos trilhos de um trem.

Os dois embarcaram num vagão que, para Irene, parecia saído de um conto de fadas. Sentado na frente dela num banco de madeira, Peter começou a quarta lição de sua gramática particular.

Ela tirou da mochila o trabalho e o entregou, cabisbaixa. Sempre tinha medo de não corresponder às expectativas do professor quando lhe entregava um texto. Ele leu com a maior atenção as quatro páginas intituladas *As duas faces do amor*. Nesse tempo, Irene aproveitou para fitá-lo à vontade. Ainda estava sério, com o cenho franzido, como fazia sempre ao ler, uma expressão que a ela parecia encantadora. Estava usando uma camisa azul-clara e um pulôver grosso de um tom mais escuro. Seus olhos refletiam alternadamente um dos dois tons de azul, conforme o ângulo da luz que entrava pela janela.

Irene suspirou e se concentrou na paisagem. O campo estava desolado. Ao atravessá-lo naquele trem de outro tempo, que apitava e sacudia como uma máquina infernal, sentiu seu ânimo ficar sombrio. Para onde aquele trem a levaria? E qual era a razão daquelas aulas?

Não sabia ao certo o que sentia por Peter ou o que ela representava para ele. O professor nunca tinha feito ou dito nada que desse a entender algum interesse romântico, mas Irene sentiu a intensidade de seu olhar e as faíscas que pularam quando se deram as mãos, umas semanas atrás. Depois, ele tinha fechado todas as portas.

Peter acabou de ler e olhou para ela com um ar grave.

– Você tem toda a razão. A maioria dos romances românticos, como escreveu em seu trabalho, acaba de modo trágico.

– Mas por que é assim? Não consegui chegar a uma conclusão sozinha – disse ela.

– Acho que quase conseguiu. Veja só o que diz neste trecho:

Assim, parece que no amor só existem duas possibilidades. De um lado, está a paixão desenfreada, que enche as protagonistas de sentimentos próximos ao êxtase e que destrói tudo que se interpõe em seu caminho, não se importando com as consequências. É o amor de Vronsky e Ana, que os condena, especialmente ela, a desaparecer do mundo e a perder tudo que pudesse ampará-la. De outro lado, temos o amor tranquilo, talvez mais convencional, de Kitty e Levine.

– São as duas faces da mesma moeda – ratificou ela. – Então, todas as grandes paixões têm de acabar mal? Se não queremos sofrer, precisamos nos conformar com um desses... amores tranquilos? O dos meus pais não terminou exatamente bem.

– As pessoas mudam, Irene. Tenho certeza de que seus pais nunca imaginaram que um dia iam deixar de se amar. E isso pode acontecer. Na verdade, acontece o tempo todo. Mas o amor tranquilo não tem nada de errado. Vai descobrir isso algum dia.

Irene ficou emburrada porque não gostava que Peter falasse como se fosse seu irmão mais velho. O trem deu um forte apito ao passar por uma estação e aquele barulho os assustou.

– Trouxe você aqui hoje porque quero contar uma coisa – disse ele, com uma expressão séria.

– O quê? – perguntou ela prestando a maior atenção no que ele lhe dizia.

– Dessa vez não se trata de nenhum romance, mas de mim. Pensei bastante se deveria incluir este livro em nossa lista de leituras porque ele me traz muitas lembranças. Foi uma das primeiras leituras que compartilhei com Clea, minha mulher. Já lhe contei que costumávamos ler trechos de nossos livros prediletos de noite, junto à lareira?

Irene imaginou os dois numa sala confortável, com um grosso tapete cobrindo o chão de madeira. Clea devia ler sentada aos pés da poltrona em que Peter descansava enquanto acariciava os cabelos dela.

– Sei que tem curiosidade, e acho que o que vivi com ela pode lhe ser útil algum dia. Por isso decidi contar a minha história. Não tinha contado a ninguém antes. Sabe, Irene, o pior de tudo é que o final de *Anna Kariênina* é muito parecido com o de minha mulher. Clea também se suicidou.

Irene ficou paralisada ao ouvir essas palavras ditas por Peter. Ele estava com o rosto contraído por uma dor tão profunda que a deixou angustiada. Teve de conter o impulso de abraçá-lo e confortá-lo, porque não queria dar mais um passo em falso.

– Que coisa horrível! Sinto muitíssimo. Como aconteceu?

– Foi no meu primeiro ano como professor, depois que me formei. Clea e eu conseguimos emprego na mesma escola, num subúrbio de Londres. Era um lugar complicado, com muitos alunos vindos de famílias desestruturadas, ou disfuncionais, como dizem os americanos. Minha esposa era muito sensível à violência, que ali era algo naturalíssimo. Não dei muita importância a isso. Ela voltava para casa muitas vezes tremendo ou mesmo chorando, e eu tentava tranquilizá-la, dizendo que ia acabar se acostumando, que não devia se envolver tanto.

A voz de Peter saía entrecortada, denunciando que ele se sentia responsável pelo final trágico daquela história.

– Um dia, ao voltar para casa, encontrei as luzes apagadas. Achei estranho, mas concluí que ela deveria ter saído para jantar com uma amiga. Essa ideia me alegrou, porque há semanas ela estava enfurnada em casa, sem ver ninguém. Dizia que tinha medo de sair. Então, o telefone tocou. Era a polícia para me comunicar que Clea tinha se jogado nos trilhos do metrô. No seu bolso encontraram um bilhete endereçado a mim. Nunca vou esquecer o que ela escreveu:

Peter, meu amor, perdoe-me pelo que vou fazer. É o resultado de uma longa reflexão e sei que não há outra saída. Por ora, não tente entender. Embora acredite que seja impossível assimilar esse ato agora, estou fazendo isso por você. Você não merece ter ao seu lado uma fracassada como eu, que não tolera a vida nem dá nada de valor a ela. O mundo é um lugar extremamente hostil e não sei enfrentá-lo, por isso preciso acabar de uma vez com todo esse sofrimento. Com amor, sempre,
Clea

– Não era a primeira vez que tentava cometer suicídio. Da outra vez, cheguei bem na hora em que ela estava prestes a fazê-lo. Conversamos muito sobre aquilo e pensei que já estava curada. Nunca me perdoarei, Irene – disse ele, com os olhos azuis que brilhavam, desconsolados. – Se não estivesse tão concentrado nos meus livros estúpidos, se tivesse prestado mais atenção, então talvez... – concluiu, com a voz embargada.

– Peter, sinto muito mesmo!

Irene mal conseguia conter as lágrimas. Não sabia o que dizer para confortá-lo. Ele continuou falando, como se quisesse desabafar:

– Por isso fiquei tão assustado aquele dia no penhasco. Achei que você fosse pular, como ela. Você parece um pouco com Clea. Se lhe mostrasse uma foto dela, ficaria surpresa. Prometa que vai tomar cuidado. Por favor!

– Prometo. Tomarei cuidado.

Profundamente comovida, Irene não conseguiu se segurar mais e pegou a mão dele num gesto inocente e espontâneo. Desta vez Peter deixou, mas em poucos segundos chegaram à estação seguinte e tiveram de se separar para que pudessem saltar do trem.

Caminharam sem falar mais nada, até chegarem a um dos locais mais famosos daquela região.

Ele tinha os ombros curvados e os lábios contraídos, como se tentasse se recuperar de um forte golpe. Irene não sabia o que dizer, mas o silêncio que os envolvia não era desconfortável. Ao contrário, aquele lugar desolado, açoitado pelo vento, convidava ao recolhimento e à introspecção. Achava muito bom que Peter tivesse se aberto com ela, embora não pudesse entender seus motivos.

Fosse como fosse, agora se sentia ainda mais próxima dele.

Depois de uma longa caminhada, que serviu para acalmar os ânimos, enfim chegaram a Bodmin Moor.

Peter queria mostrar-lhe as relíquias da Idade do Bronze que se encontravam ali. Irene achou aquelas enormes pedras que se erguiam até o infinito imponentes e misteriosas. Eram um exemplo, já que tinham resistido durante séculos às investidas da chuva e dos ventos.

Quem as teria posto ali e como?

De repente se sentiu minúscula e se aproximou de um daqueles túmulos. Abraçou-o, enquanto o ar agitava seu cabelo, e fechou os olhos, desejando que lhe fosse transmitida a força daquela rocha eterna.

22. As desventuras do jovem Josh

A segunda-feira transcorreu lenta e pesada. Para Irene, as aulas pareciam que não iam acabar mais, já que ela não conseguia se concentrar e ficava o tempo todo olhando pela janela. Um sol tímido brincava de se esconder atrás de umas poucas nuvens e com isso lançava clarões nos galhos nus das árvores, que pareciam coalhadas de pequeninas frutas brilhantes.

Ficou feliz ao perceber que aquele vento atroz que há dias açoitava a região havia parado. Aquele vendaval lhe dava dor de cabeça e a enchia de uma tristeza imprecisa. E ainda estava muito impressionada com a revelação feita por Peter no trem. Na verdade, tinha vontade de chorar só de pensar como ele deveria ter se sentido sozinho e culpado durante todos aqueles anos.

Enfim as aulas terminaram e, depois de hesitar uns instantes, decidiu ir à biblioteca. Estava evitando Josh nos últimos dias, mas aquela situação não tinha como se prolongar por mais tempo. Precisava de um livro e não tinha tempo para encomendá-lo na pequena livraria da aldeia. Além disso, não devia se envergonhar de nada, disse a si mesma para criar coragem.

Encontrou o rapaz sentado atrás do balcão, com um romance nas mãos, como sempre, aqueles óculos de lentes grossas e uma camiseta preta muito usada.

Irene ficou aliviada ao vê-lo vestido assim. Naquela tarde, preferia enfrentar o divertido e familiar bibliotecário ao Josh sedutor, Rei dos Reservados. Ainda assim, quando olhou para suas mãos, foi impossível não se lembrar da suavidade com que elas se moveram, acariciando seu rosto, sua barriga, seus... Balançou a cabeça para espantar aquelas lembranças inoportunas e ensaiou um sorriso amistoso.

– Oi, comedor de livros.

– Irene! – exclamou ele, dirigindo-lhe um olhar alucinado. – Finalmente! Achei que não voltaria a vê-la.

– Estudo aqui, lembra? E preciso de livros.

– É muito bom ver você, mesmo que só tenha vindo aqui para pegar livros – disse Josh com um tom amargo. – O que quer?

– *Os sofrimentos do jovem Werther*, de Goethe. E um bom livro que sirva para situar a época. Josh, não precisa fazer essa cara... Está tudo bem. Vamos agir como se nada tivesse acontecido, OK?

Como resposta, Josh se virou e foi buscar o livro numa prateleira próxima dali. Depois de entregar-lhe o romance, que parecia que ia se desmanchar de tão usado, pediu a Irene que fosse com ele até o jardinzinho ali dentro da biblioteca. Ela achou que ele estivesse preocupado com o *acidente* ocorrido na noite da Festa de Recesso de Inverno e quisesse se desculpar, mas o bibliotecário lhe reservava uma nova surpresa.

Os dois se sentaram num banco de madeira, protegidos pelas divisórias de vidro que tornavam aquele espaço uma espécie de cubo transparente. Josh arrancou uma folhinha de um arbusto mais próximo e ficou brincando com ela. Como ele não se decidia a falar, Irene ficou com pena e resolveu ajudá-lo:

– Josh, não precisa se desculpar. O que aconteceu naquela noite acontece com muitos garotos. Além disso, tínhamos bebido e eu...

– Esqueça, por favor, não vamos voltar a falar sobre isso. Irene, quero lhe dizer uma coisa.

Ela se assustou. Não sabia se poderia suportar mais uma confissão terrível aquela semana.

– O quê? – perguntou, engolindo em seco.

– Eu disse que gostei de você desde o primeiro dia que nos vimos. Lembro-me inclusive da roupa que estava usando. Uma calça jeans rasgada e um pulôver laranja, que depois não vi mais você usar.

Irene ficou surpresa com os detalhes de que ele se lembrava, e ficou tentando pensar onde teria enfiado aquele suéter.

– Esta semana – prosseguiu o rapaz – foi um inferno, pois pensei que a tivesse perdido, que não ia querer voltar a falar comigo nunca mais depois da festa. Você foi bem compreensiva, porque me comportei como um verdadeiro canalha.

– O que está dizendo? Não fiz nada que eu não quisesse fazer. Você não tem culpa de nada.

– Deixe-me terminar, Ratinha. O que quero dizer é que foi imperdoável eu ter levado você lá, ter feito as coisas desse modo. Gostaria de começar de novo, que me desse outra chance, pois estou apaixonado por você.

Irene arregalou os olhos e ficou pálida. Apaixonado? Josh? Por ela? Agora sim estava encrencada. Martha a perseguiria por toda a Cornualha até conseguir lhe dar uma boa surra.

– Josh, isso não é verdade. Nós quase não nos conhecemos.

– O suficiente para que eu saiba que gosto mais de você do que de qualquer outra garota.

– Bom, isso é muito... lisonjeiro.

"E inquietante", disse a si mesma. Aquela declaração não podia ter sido feita num momento mais inoportuno. Irene estava se sentindo sobrecarregada pelos acontecimentos dos últimos dias: o acidente de Marcelo, a confissão de Peter... A última coisa de que precisava era ter um bibliotecário apaixonado atrás dela. Decidiu que seria clara com ele para evitar mais mal-entendidos:

– Sabe, Josh, estou passando por um período bem complicado. Não posso pensar nisso agora. Não ache que estou arrependida de nada. O que aconteceu naquela noite foi bom e vou lembrar para sempre. Mas não posso me comprometer agora. Estou com milhares de coisas na cabeça.

– Entendo, e posso esperar por você.

– Não, por favor. Não quero que espere, não é isso. Vamos agir como sempre, como se nada tivesse acontecido. Pode ser?

– Irene, não vou desistir tão facilmente. Mas também não quero oprimi-la. Se quiser, podemos sair algum dia apenas como amigos. Isso já me deixaria feliz. E prometo que o que aconteceu naquele dia não vai se repetir. Gostaria de ir ao cinema comigo na sexta? Está passando *As duas inglesas e o amor*.

Ela percebeu que era inútil tentar ser racional com Josh, por isso ficou calada.

– É um filme de François Truffaut dos anos 1970 – prosseguiu ele. – É a história de duas irmãs que estão apaixonadas pelo mesmo sujeito. Uma história romântica, como as que gosta de ler.

– Obrigada, Josh, mas precisaremos deixar isso para outra ocasião. Tenho um compromisso na sexta. Você já deve estar sabendo que Marcelo sofreu um acidente. Tenho que fazer companhia a ele e levar comida.

– OK, outro dia, então – admitiu ele, com o cenho franzido.

– Até logo. E obrigada pelos livros!

Já estava abrindo a grossa porta de madeira quando ouviu os passos do bibliotecário, que a chamava de novo:

– Irene...

– Oi.

– Posso lhe dar dois beijos de despedida, como vocês fazem no seu país?

– Sempre que significarem o mesmo que significam em meu país – respondeu ela, depois de hesitar um instante.

Josh beijou suas bochechas, ficando vermelho como um garotinho.

Depois disso, Irene subiu as escadas balançando a cabeça e, na última hora, desistiu de ir se trancar em seu quarto.

Uma rajada fria fez seus cabelos se arrepiarem, mas desta vez ela não se importou que o vento voltasse. Com o livro de Goethe debaixo do braço, dirigiu-se ao estádio de atletismo em busca de um pouco de paz.

23. Uma lanterna mágica sem luz

Irene subiu na arquibancada o mais alto que pôde. Lá em cima, o vento soprava mais forte. Em compensação, o mundo também parecia mais limpo. Já estava escuro, embora o horizonte ainda mantivesse uns resquícios da luz da tarde. Aquela era sua hora favorita do dia, e adorava a ideia de estar ali fora para poder apreciá-la.

Ler em seu quarto tinha se tornado uma missão quase impossível nos últimos dias. Martha a evitava e, nos poucos instantes em que ficavam ali juntas, a inglesa emanava tanta energia negativa que Irene achava que ia acabar sendo fulminada ali mesmo.

Pegou sua garrafa térmica, que ainda continha um pouco de chá feito ao meio-dia, e pôs um pouco da bebida num copo, que agarrou bem forte, com ambas as mãos, para esquentá-las.

Sentada ali, com o gemido do vento como companheiro, o chá e um romance novo para ler, sentiu-se feliz pela primeira vez em muitos dias. Abriu o livro com todo cuidado para que ele não acabasse de despencar e começou a ler.

Goethe iniciava com uma nota ao leitor em que advertia que tinha reunido ali todas as informações possíveis sobre o "desgraçado" Werther. Irene percebeu que o romance era composto de uma série de cartas do protagonista dirigidas a seu amigo e confidente.

A linguagem era barroca e enviesada, claramente de outra época, mas ela logo se acostumou com aquele tom inflamado e mergulhou na leitura, esquecendo-se do mundo exterior.

Os sofrimentos do jovem Werther conta a história de um rapaz sensível que passa uma temporada no campo. Ali conhece Lotte, uma moça por quem se apaixona imediatamente, apesar de saber que ela está comprometida com Albert, um cavalheiro muito mais velho que ela. Embora sabendo desde o início que esse amor é impossível, Werther não consegue deixar de vê-la. Acaba ficando amigo do casal e o visita com frequência. Por fim, Lotte resolve acabar com essas visitas, por lhe parecerem inadequadas, e, depois de se despedirem com um beijo, Werther decide cometer suicídio.

Irene tinha lido a contracapa do livro, que revelava o trágico final. Imediatamente se lembrou de Peter e da terrível história de sua mulher e sentiu um nó se formar em seu estômago.

Agora estava totalmente escuro. E nem mesmo os potentes holofotes conseguiam iluminar todos os cantinhos sombrios do estádio. Não ventava mais e o bosque ali do lado estava envolvido por uma espessa neblina, cuja umidade criava pequenas nuvens de vapor ao redor das luzes.

Irene olhou para o horizonte, invisível agora, e se lembrou de Marcelo. De repente, sentiu saudade dele. Gostava da sensibilidade e do bom humor do rapaz, sempre tratando de animá-la para que corresse mais depressa. Sem ele, a pista de atletismo parecia um lugar desolado e triste, talvez até um pouco sinistro, com aquela névoa ameaçadora que parecia ter vida própria.

Releu umas palavras da primeira página do livro, em que antes não tinha prestado muita atenção, e que sentia agora que falavam diretamente com ela:

E tu, alma sensível e piedosa, oprimida e afligida por tristezas semelhantes, aprende a consolar-te de teus sofrimentos! Se o destino ou teus erros não te permitem ter um amigo por perto, que este livro possa suprir sua ausência.

Contradizendo o autor, Irene pensou que o que sua alma sensível e aflita precisava naquele momento era de um amigo, não de um livro. Num impulso urgente e inesperado, pegou todas as coisas e correu para a casa do seu coelho.

Tinha ido vê-lo todos os dias desde o acidente, exceto no sábado e no domingo passados, por estar ocupada com seu trabalho e com a ida a Bodmin. Movida por aquele estranho desejo, agora parecia que tinha visitado o rapaz pela última vez há séculos.

Irene o encontrou recostado na cama, usando um de seus confortáveis agasalhos de ginástica, e sentiu uma alegria tão grande e absurda que teve dificuldade em escondê-la.

– Achei que tinha se cansado de mim – disse ele como cumprimento.

– Não mesmo! É que estive muito ocupada, mas vim disposta a incomodar você por um bom tempo. Se quiser.

– Claro que quero. Mas vou logo avisando que você vai se entediar comigo. Nunca fui o cara mais engraçado da turma, mas, reconheço, desde que precisei ficar de cama me tornei uma autêntica mala sem alça.

– Não exagere. O que quer fazer?

– Que tal uma corrida até o penhasco para começar?

– Não, seu bobo, pense em algo que *possa* fazer. Se não se decidir, vou começar a ler meu romance e não vai poder reclamar – brincou Irene, ameaçando-o com o livro na mão.

Como ele não disse nada, Irene abriu o *Werther* e leu em voz alta alguns parágrafos:

Wilhem, sem amor, o que seria o mundo para nosso coração? Uma lanterna mágica sem luz. Basta pores a lâmpada para surgirem em tua parede branca imagens de todas as cores. E mesmo que sejam apenas isso, fantasmas passageiros, fazem nossa felicidade se os contemplamos como crianças pequenas e nos extasiamos diante dessas maravilhosas aparições. Hoje não pude ver Lotte, pois fui retido por uma visita que não era possível evitar. Que fazer? Enviei-lhe meu criado só para ter ao meu redor alguém que houvesse estado perto dela hoje. Com que impaciência esperei por ele, com que alegria voltei a vê-lo. Não fosse pela vergonha, adoraria segurar sua cabeça e beijá-la.

Dizem que a pedra de Bolonha, se deixada ao sol, absorve seus raios e resplandece por algum tempo durante a noite. O mesmo aconteceu comigo em relação ao criado. A sensação de que os olhos dela haviam pousado em seu rosto, em suas faces, em seus botões e no colarinho de sua casaca, fazia dele alguém tão sagrado, tão valioso! Naquele instante, não trocaria meu criado por mil táleres! Sentia-me tão à vontade na presença dele...! Por favor, não rias. Será a felicidade produto da fantasia, Wilhem?

Marcelo ficou ouvindo fascinado, deitado comodamente no colchão, com o braço bom atrás da cabeça. Irene estava sentada em uma cadeira ao lado dele e pôs os pés descalços sobre a cama.

Ao terminar aquele trecho, fechou o livro e foi preparar um chá, como fazia sempre naquelas visitas.

– Está muito pensativo. Fiz você ficar entediado?

– Pelo contrário. Esse trecho que fala do amor como uma lanterna mágica me fez lembrar da primeira vez que me interessei por uma garota.

Irene deixou as xícaras na mesinha e o incentivou a continuar falando. Sabia muito pouco sobre Marcelo, e aquilo parecia que seria bem interessante.

– Foi há dois anos, durante as férias de verão. Fui para a Austrália ficar com meus pais, como faço todo ano. Eu a conheci numa aula de surfe que fiz com vários garotos da vizinhança. Ficamos próximos imediatamente, e olha que não sou lá muito sociável. Mas ela era especial.

Marcelo ficou pensativo uns instantes, como se estivesse evocando a imagem daquela menina lutando contra o mar bravio da costa australiana. Em seguida continuou:

– Era inverno na Austrália, e depois das aulas íamos todos, inclusive o professor, tomar algo quente no bar do clube de surfe. Aquele lugar se tornou nosso centro de reuniões. Foi ali que percebi que ela sempre se sentava ao meu lado e ria de todas as minhas piadas. Era inacreditável que uma menina tão bonita estivesse a fim de mim. Começamos a ficar sozinhos depois do curso, mas nunca aconteceu nada, porque ela era muito tímida e eu não tinha a menor experiência com garotas. Mesmo assim, era óbvio que havia algo muito especial entre nós. Como Werther, na época eu também teria sido capaz de fazer um monte de besteiras por causa dela – disse ele, com um tom nostálgico.

– E o que aconteceu? – perguntou Irene, surpresa por estar sentindo uma pontinha de ciúme.

– Uma semana antes de eu voltar para a Inglaterra, aconteceu uma coisa horrível. Estava passeando na praia com meus pais e o cachorro, no fim da tarde, quando a vi. Estava ali com o professor de surfe, Robert. Não dei muita bola para o que vi, a princípio, mas, quando nos aproximamos um pouco, não tive dúvidas. Eles estavam deitados sobre uma toalha, se beijando e se abraçando como se o mundo fosse acabar. Eu quis morrer.

— Conheço essa sensação. Todo mundo já viveu algo assim uma vez na vida.

— É possível — disse ele, com um suspiro. — Naquela praia me senti um verdadeiro estúpido. Achava que ela era tímida, mas a verdade é que ela não gostava de mim. Fui apenas uma distração, o idiota que pagava os sucos para ela e servia para fazer ciúmes em Robert, seu verdadeiro objetivo. Voltei para o Saint Roberts e passei um outono terrível. Precisei de um bom tempo para ficar curado dessa história. Como vê... também já tive algo de Werther nessa época.

— Parece horrível para uma primeira experiência. Sinto muito — disse Irene, que não conseguiu deixar de se lembrar da declaração emocionada de Josh naquela tarde.

— Agora já não me parece algo tão ruim. Além disso, aprendi muitas coisas naquelas férias.

— O quê, por exemplo?

— Aprendi que quando se deseja alguém e não se é correspondido, o melhor que pode lhe acontecer é darem com a porta na sua cara. Nada dói mais nesses casos que um pouco de compaixão, porque com a esperança se abre uma ferida que é bem difícil de fechar.

Irene olhou para ele, admirada, e tratou de decorar o que ele tinha dito. Tinha acabado de decidir que não sairia com Josh nem como amiga e que reduziria ao máximo suas visitas à biblioteca.

— Que bonito isso que acabou de dizer. Você que pensou isso?

— Foi sim, por quê? Falei alguma bobagem? — perguntou Marcelo.

Umas batidas na porta interromperam a conversa.

24. Um inverno muito quente

Heather entrou no quarto como um furacão. Os sapatos de salto da moça faziam o maior barulho no chão de madeira enquanto ela andava para lá e para cá, agitadíssima, ignorando completamente Marcelo, que olhava assustado para a loura.

– O que aconteceu, Heather? Pode parar um pouco? Está me deixando tonta – disse Irene, tentando acalmá-la.

– É Martha. Você tem que vir comigo, rápido!

– Por quê? – perguntou, preocupada. – Aconteceu alguma coisa?

Heather não respondeu. Só a pegou pelo braço e a arrastou pelo corredor até chegarem do lado de fora do prédio.

Quando chegaram no alojamento das meninas, com Irene cambaleando, escutaram uma gritaria estranha e uns berros raivosos. Devia ser uma briga, ou algo do gênero, pensou ela, temendo que sua colega de quarto estivesse metida nisso.

Do lado de fora do prédio, no térreo, elas viram um monte de alunos olhando algo na maior expectativa. Algumas garotas riam e cochichavam, tapando a boca, enquanto outros alunos comentavam o que estava acontecendo como se fosse um *reality show*.

Irene percebeu que todos estavam olhando para a janela do seu quarto, que era de onde vinham os gritos e barulhos, e ficou assustada. Qual seria a confusão em que teria se metido agora aquela inglesa maluca?

Passou com Heather por aquele grupo de curiosos e chegou perto da janela, que estava escancarada.

Horrorizada, Irene viu Martha ter um ataque e lançar sua roupa, seus discos e livros pela janela, gritando impropérios que ela nem entendia, mas que soavam como as piores maldições proferidas por um marinheiro inglês. Depois de se desviar de um grosso dicionário que voava em direção à sua cabeça, pulou para dentro do quarto pela janela, a fim de deter Martha.

– Você ficou louca? O que é isso? Essas são as minhas coisas, não pode tirá-las daqui, muito menos pela janela!

– Sua dissimulada! – gritou Martha, inteiramente fora de si, apontando para ela um dedo acusador.

Irene estava perto o bastante da moça para sentir o cheiro de álcool que exalava de sua boca. Percebeu que ela passara a tarde toda bebendo e foi ficando irritada, até que acabou não conseguindo controlar a raiva:

– Não se atreva a me dizer o que posso e o que não posso fazer – esbravejou. – Quem você pensa que é, com esse arzinho continental e esses modos de garota recatada? Por baixo desse disfarce de garota comportada se esconde uma cadela no cio, sua maldita! A mim você não engana. Para fora do meu quarto! Volte para o seu país sujo, sua traidora!

– Acalme-se, Martha, você não está entendendo essa história. Largue isso, são minhas roupas íntimas! – exclamou Irene, tirando as peças de sua mão. – Vamos nos acalmar e conversar sobre tudo isso.

– Estou calmíssima! – gritou, possuída pela raiva.

Irene teve vontade de esbofeteá-la. Estava indignada com o que Martha acabara de lhe dizer e com o atrevimento dela ao jogar coisas lá no pátio. No entanto, as regras da escola proibiam a mudança de colega de quarto no meio do curso, então não tinha alternativa a não ser se entender com ela.

Respirou fundo e começou a recolher suas coisas com calma. Se não desse muita bola, a inglesa talvez acabasse se acalmando.

Heather dispersou os curiosos e começou a ajudá-la. Enquanto entravam e saíam trazendo livros e roupas, a loura tratou de informar Irene de que Martha estava falando mal dela para a escola toda. Ao que parecia, tentava construir alianças para isolá-la. Com a desculpa de que ela havia lhe roubado Josh, queria que os colegas a ignorassem e não lhe dirigissem a palavra.

– Mas estou do seu lado, Irene. Conte comigo para o que quiser – sussurrou. – Não sei como conseguiu se controlar. Se fosse comigo, teria enfiado a mão nela.

– Nem pensar, o melhor a fazer é não dar muita atenção.

Pôs todas as suas coisas dentro do quarto, fechou a janela e se despediu de Heather. Queria falar seriamente com Martha e, para isso, era melhor que estivessem sozinhas.

Irene se deu conta de que fora um erro achar que o tempo amenizaria as coisas. Obviamente a inglesa não esquecia com facilidade, e com certeza nunca iria perdoá-la por ter ficado com Josh. Ela odiava discussões, mas decidiu dizer tudo o que precisava a fim de acabar com aquele estúpido mal-entendido que a estava deixando arrasada.

Sua colega de quarto tinha se trancado no banheiro. Depois de um tempo, como não ouvia nenhum barulho ali dentro, Irene se levantou e foi bater à porta.

– Martha? Está tudo bem?

Ela não respondeu, mas o barulho da descarga tranquilizou Irene. Tinha muito trabalho pela frente, por isso começou a dobrar as roupas e a organizar os papéis em sua escrivaninha.

Cerca de meia hora depois, a inglesa por fim saiu do banheiro, com os olhos vermelhos e a cara inchada. Havia posto o pijama e prendido o cabelo para dormir, mas ainda tinha alguns resquícios do delineador sob as pálpebras. Por causa disso, e do olhar triste e cansado, estava com um ar bem abatido.

Obviamente tinha chorado.

Irene esqueceu a raiva e ficou com pena dela. Martha era superimpulsiva e radical em suas paixões e em seus ódios. Se gostava de alguém, se entregava de corpo e alma, e se odiava... Bom, ela mesma tinha acabado de ver os resultados do ódio da colega.

– Está melhor? Sente-se aqui comigo, vamos conversar – convidou Irene, dando umas palmadinhas na cama para que Martha se aproximasse.

Mas a inglesa hesitou.

– Vou direto ao ponto: não gosto de Josh, Martha. O que aconteceu naquele dia foi um acidente, na verdade não aconteceu nada de mais entre nós. Isso é tudo. Não vou me meter no relacionamento de vocês.

Martha fez uma cara de dor, como se Irene tivesse acabado de lhe dar uma bofetada. E ficou toda vermelha, até as orelhas.

– Você é mesmo gentinha da pior espécie, espanholinha. Primeiro o rouba de mim, dá uma provadinha, e quando já perdeu o interesse... resolve me deixar os restos do seu banquete? Não, obrigada! Josh está interessado em você, e não sou de ficar em segundo plano.

– Ele não está a fim de mim, só ficou um pouco interessado. Vai ver só, depois de uns dias essa bobagem passa.

Como resposta, Martha se deitou e cobriu o rosto com um travesseiro.

– Martha, quero voltar a ser sua amiga. Só me diga o que posso fazer para ajudá-la e farei sem hesitar – insistiu Irene, desesperada.

Uma mão trêmula saiu de baixo das cobertas e pegou na mesinha de cabeceira uma das garrafinhas de vodca que a inglesa colecionava. Ouviu-se um som gorgolejante e, em seguida, a garrafa vazia caindo no chão. Depois, não se ouviu mais nada, a não ser pelo ressonar que, minutos depois, indicava que o álcool tinha produzido seu efeito.

– Martha?

Como era impossível falar com ela agora, Irene foi recolher suas coisas que estavam espalhadas pelo quarto todo. Quando terminou, estava cansada, mas ainda nervosa.

Ao deitar, lembrou-se da conversa com Marcelo e da agradável intimidade compartilhada com ele aquela tarde. Teve vontade de pegar o livro de Goethe para reviver essas sensações. Além disso, agora que sabia o final, estava doida para acabar aquela leitura.

Ligou o iPod bem baixinho e deixou as emoções do dia fluírem. Foi invadida por uma tristeza que começava a se tornar meio familiar. Martha fora uma de suas poucas amigas naquele canto solitário do mundo, e sabia que aquela amizade tinha acabado. Não ia ser fácil dividir o mesmo teto com ela a partir de agora. Irene sentiu que aquele ia ser um inverno bem longo.

Aumentou o volume quando o modo randômico do aparelho fez tocar a música "End of May" na voz suave de Keren Ann. Fechou os olhos, como a canção pedia. Num momento de fraqueza, desejou que a sorte estivesse do seu lado uma vez na vida e que maio chegasse logo, com manhãs claras e risos despreocupados.

Close your eyes and make a wish
Under the stone there's a stonefish
Hold your breath then roll the dice
It might lead the run road to paradise

Don't say a word, here comes the break of the day
And wide clouds of sand raised by the wind of the end...

Don't say a word, here comes the break of the day
And wide clouds of sand raised by the wind of the end of may*

---

* Feche os olhos e faça um pedido/Embaixo da pedra existe um peixe-pedra/ Prenda o fôlego e então jogue os dados/Isso pode levá-lo ao caminho do paraíso/ Não diga uma palavra, aí vem o romper do dia/E grandes nuvens de areia levantadas pelo vento do fim.../Não diga uma palavra, aí vem o romper do dia/E grandes nuvens de areia levantadas pelo vento do fim de maio.

25. Caminhando por um mar de névoa

Quarta-feira foi feriado, e Peter aproveitou para convidá-la para outra aula de gramática toda especial.

Saíram do Saint Roberts no carro dele e pegaram a estrada costeira que serpeava entre penhascos e precipícios. O professor queria lhe mostrar alguns lugares pitorescos, já que não estava chovendo e o vento era suportável, embora a neblina cobrisse tudo com um manto úmido de algodão.

– Aonde estamos indo exatamente? – indagou Irene quando já tinham percorrido um bom trecho.

– A um lugar que bem pouca gente conhece. E estamos quase chegando.

Cinco minutos depois, o carro parou no acostamento, debaixo de umas enormes rochas. Então, convidou-a a segui-lo por uma trilha de terra que começava ali.

A paisagem campestre que se via por trás das rochas era espetacular. O caminho estreito se estendia pela costa traçando curvas até a beira do mar, onde ficava mais reto e largo. De lá era possível desfrutar de uma das vistas mais espetaculares dos penhascos, que pareciam se estender infinitamente, recortando a costa com seus perfis afilados em vários tons de preto e verde.

Irene estava acostumada a admirar o mar golpeando a encosta que ficava perto do Saint Roberts, mas aquilo ali não tinha nem comparação...
Tinham chegado a um mirante natural pontilhado de rochas brancas. Peter se sentou sobre uma delas. Irene ia imitá-lo, mas acabou ficando de pé mesmo, hipnotizada pelo mar, que atirava sua fúria infinita contra o imperturbável paredão de pedra. A neblina subia lá da água, acariciando as rochas com seus dedos frios e largos até alcançar suas bochechas.
– É impressionante. Parece que estamos sozinhos no fim do mundo – disse Irene, estremecendo.
– Tem razão, Land's End é bem perto daqui. Segundo uma lenda da Cornualha, este é o fim da Terra. Mas... esta paisagem não faz você se lembrar de nada?
– Não sei. Acho que nunca estive num lugar tão incrível antes.
– Já ouviu falar de um sujeito chamado Caspar David Friedrich?
Irene contemplou a extensão infinita de água e espumas, as rochas afiladas e o mar com uma neblina fantasmagórica envolvendo tudo. Seu rosto se iluminou quando entendeu aonde ele queria chegar.
– Claro! O pintor alemão! É incrível! Acabamos de estudar sua obra nas aulas de História da Arte. Este lugar parece o cenário do seu famoso quadro, *O viajante sobre o mar de névoa*. Só que vemos outro mar aí embaixo, por trás das nuvens.
– Se a neblina continuar subindo, daqui a pouco já não veremos a água. Espere uns minutos.
Irene se sentou com as pernas cruzadas e os dois aguardaram em silêncio. Hugues tinha razão: a umidade tinha aumentado, e com ela vieram mais nuvens de neblina, que acabaram cobrindo

tudo. Já quase não conseguia ver Peter, e começou a sentir um medo irracional.

Então, o professor se levantou e foi se encarapitar numa pedra mais alta, onde ficou de pé. Sua voz soava oca, como se o nevoeiro roubasse seus matizes.

– Friedrich, como você sabe, é um dos grandes expoentes do romantismo alemão. Esse quadro de que se lembrou é considerado uma de suas obras mais representativas. Ele o pintou no início do século XIX. Friedrich é comparado às vezes a Turner, o pintor inglês, embora eu os ache bem diferentes.

– E o que diferencia o romantismo alemão do de outros países europeus? – perguntou Irene, desempenhando o papel de aluna aplicada.

– Na Alemanha, ele foi vivido com mais intensidade. Lembre-se de que o movimento romântico foi batizado na literatura como *Sturm und Drang*, que significa "tempestade e ímpeto". Os românticos eram individualistas e amavam a liberdade de expressão sobre todas as coisas. Apreciavam o mistério e o poder da natureza. Isso, Friedrich refletiu muito bem em seu quadro.

– Goethe também era romântico?

– Literariamente ele foi romântico durante um bom tempo. Escreveu *Os sofrimentos do jovem Werther* antes de *O viajante* ter sido pintado. O livro ficou muito famoso e influenciou vários escritores.

– Li no prefácio que chegaram até a proibi-lo.

– Sim, porque cerca de dois mil jovens se suicidaram, possuídos pelo espírito trágico do protagonista. O livro causou um verdadeiro furor e se converteu em um dos primeiros fenômenos de massa. Os leitores imitavam Werther em seu comportamento de apaixonado sofredor, e até se vestiam como ele.

– É fácil cair no ridículo quando se está apaixonado – disse Irene, mas logo se arrependeu, porque temia que o professor interpretasse suas palavras como se tivesse a ver com ela e os sentimentos que nutrira por ele. – Quer dizer, essa é a tese principal do meu trabalho desta semana.

– Pode me explicar. Quando voltarmos ao colégio, leio seu ensaio.

– A adoração que Werther sente por Lotte sem conhecê-la de verdade me parece um autêntico exagero. Na verdade, acho que o amor romântico não existe. Ele é só uma projeção de nossas próprias carências na pessoa amada, a quem atribuímos toda sorte de qualidades sem conhecê-la de verdade. Acredito que o amor romântico é apenas uma fantasia de nossa mente. Essa é a minha tese.

– Estou surpreso! – disse Peter, erguendo as sobrancelhas. – E eu que a considerava uma romântica incurável...

Irene não sabia se ele estava flertando com ela, se estava implicando ou se estava na verdade se referindo ao seu trabalho sobre a obra de Goethe. De repente, não conseguiu mais suportar aquela ambiguidade toda:

– Peter, por que está fazendo isso?

– Por que estou fazendo o quê?

– Isso, a gramática do amor. Se, por acaso, continua achando que vou me atirar do penhasco, pode esquecer. Não tenho intenção de abandonar este mundo. Quero continuar a ver o mar enevoado ainda por muitos e muitos anos – declarou com veemência.

– Achei que já tivéssemos falado sobre isso.

– Não falamos. Por quê, Peter? – insistiu ela.

Não estava disposta a sair dali sem uma resposta.

– Gosto de sua companhia, Irene. Você tem uma força única, e no dia que a descobrir fará com que o mundo inteiro gire ao seu redor.

Peter havia dito aquilo em voz baixa antes de se virar lentamente em direção ao abismo, de modo que ficou de costas para ela. Irene olhou para ele impotente, sem saber a que se ater. Ele dissera que gostava de estar com ela. Isso significava que estava interessado nela? Isso era o princípio de algo? Ou significava apenas que gostava de lhe ensinar as coisas? Quem havia falado: o homem ou o professor?

O vento se animou e fez tremular o agasalho de Peter, uma capa de couro com aspecto antiquado. O quadro de Friedrich voltou de novo à sua mente. Só faltava uma bengala na mão do professor para que a cena fosse uma reprodução perfeita de *O viajante sobre o mar de névoa*.

Em seguida, deixaram o penhasco com passos cautelosos para não tropeçar. A incerteza que pesava na alma de Irene agora era ainda maior depois daquela conversa ambígua. Movida pelo impulso romântico, decidiu arriscar-se, aproveitando que ele havia parado um instante:

– Posso segurar sua mão? – perguntou timidamente. – Gostaria de saber como é sair com você.

Peter olhou para ela, desconcertado com seu pedido, e não disse nada.

Ela interpretou seu silêncio como um sim e pegou sua mão, que estava quente e era muito macia, mas não se atreveu a olhá-lo. Pensou, agradecida, que a neblina era sua aliada e dificultaria que ele visse como suas bochechas tinham ficado vermelhas.

Caminharam juntos por uns minutos, o que para Irene pareceram um instante efêmero.

Ao chegar aonde o carro estava estacionado, ouviram vozes de outras pessoas que se embrenhavam pela trilha, e, nesse momento, Peter largou sua mão. Irene olhou para a própria mão que, minutos antes, estava envolta num agradável calor. De repente, sentiu-se desamparada como uma mererinha pequena perdida em meio a uma multidão.

Voltaram para o colégio em silêncio.

O professor parou o carro em frente ao alojamento, mas Irene percebeu que seu corpo não lhe respondia. Sabia que tinha que abrir a porta e sair, mas suas pernas se recusavam a se mover. Então, Hugues saiu do carro e foi abrir a porta para ela, como um cavalheiro, e disse, a pretexto de despedida:

– Você deveria ir ver Marcelo. Ele não tem mais ninguém aqui.

Aquelas palavras tocaram no ponto mais profundo da alma de Irene. Elas eram um convite definitivo para que o deixasse em paz e abandonasse de uma vez por todas suas esperanças de garotinha apaixonada.

26. Emboscadas

A quinta-feira foi um daqueles dias estranhos depois de uma festa no meio da semana. Parecia que era segunda, e tudo demorava mais que de costume. A manhã passou muito devagar, e Irene sentia a cabeça ainda envolta na neblina do dia anterior.

Tinha de ler *Jane Eyre*, de Charlotte Brontë, para a próxima aula de gramática, mas não se atrevia a ir à biblioteca pegar o livro. Queria manter-se afastada de Josh para o bem do bibliotecário, mas aquela ideia a estava deixando numa situação complicada, pois nenhum de seus colegas parecia ter uma edição do romance para lhe emprestar. Aborrecida, começou a pensar que talvez tivesse de vê-lo.

Depois das aulas, foi visitar Marcelo. Levava para o rapaz uns biscoitinhos de avelã para acompanhar o chá e um monte de anotações de seus colegas.

A porta estava aberta e o encontrou dormindo profundamente na cama. Ficou com pena de acordá-lo, então decidiu deixar os papéis e os biscoitos sobre a mesa para que ele visse quando acordasse mais tarde.

Antes de ir embora, certificou-se de ele estava bem aquecido, porque naquele quarto sempre fazia frio. E foi invadida por uma onda de ternura enquanto ajeitava as cobertas cuidadosamente.

Ele não estava mais com o curativo na cabeça, e seus hematomas começavam a assumir uma tonalidade amarelada. Com a boca entreaberta, Marcelo parecia sorrir, numa expressão de completo descanso e de paz.

Ela ficou doida para fazer um carinho no cabelo do rapaz e dar-lhe um beijo na testa machucada, mas não queria acordá-lo. Quando já estava quase de saída, uma coisa chamou sua atenção na estante. Um livro com a lombada de um vermelho bem vivo estava um pouco mais para fora que os demais.

Irene se aproximou sem fazer barulho para ajeitar o livro. Tinha poucas manias, mas não suportava ver livros que não estivessem perfeitamente emparelhados. Ao examinar a lombada antes de empurrá-lo para o lugar certo, teve que reprimir um grito de felicidade.

Jane Eyre! Marcelo tinha uma edição não muito velha do romance de Charlotte Brontë.

Irene hesitou um segundo, mas por fim decidiu levá-lo. Mais tarde diria a Marcelo que o tinha levado emprestado por uma semana. Estava certa de que ele não se importaria.

Feliz por ter resolvido o problema que a angustiara o dia todo, caminhou até seu quarto com aquele achado debaixo do braço. No entanto, uma surpresa a aguardava no corredor...

Viu Josh montando guarda ao lado de sua porta. Estava com as costas apoiadas na parede e a olhou com ar de censura.

– Oi, Ratinha. Como não tem ido mais me ver, decidi procurá-la.

– Não devia ter se incomodado. Vou lá na biblioteca qualquer dia desses ver você, certo?

– Não vai nem me convidar para entrar? – perguntou, com uma expressão melancólica. – Fiquei aqui esperando por você feito um idiota por quase uma hora.

Irene hesitou, porque não queria alimentar falsas esperanças em Josh, mas ele a olhava por trás daqueles óculos de lentes grossas com uns olhos tão suplicantes que não sabia como ignorar o pedido. De repente, lhe ocorreu uma ideia arriscada que talvez funcionasse:

– Está certo. Mas não vai poder ficar por muito tempo. Tenho um monte de trabalho para fazer esta tarde.

Um sorriso de satisfação iluminou o rosto de Josh, e Irene se sentiu pior do que quando tinha lhe respondido secamente.

Ao entrar, encontraram com Martha, que abriu o maior sorriso ao ver Josh, embora tenha se apagado imediatamente quando percebeu que Irene vinha logo atrás dele.

– Ora, vejam só, o casalzinho feliz. Vieram aqui esfregar no meu nariz a alegria de vocês?

Irene decidiu aproveitar a situação:

– Josh e eu não estamos juntos, Martha, já disse isso. Não é verdade, Josh?

– É verdade – respondeu ele, tristonho.

– Ah, é? Então, o que veio fazer aqui? – perguntou ela, surpresa.

– Vim trazer uns livros para Irene.

– Só isso?

Antes que o bibliotecário tivesse tempo de responder, Irene o fez por ele:

– Também veio porque quer falar com você. Sendo assim, já estou de saída. Vou deixá-los sozinhos para que esclareçam as coisas – disse, enquanto pegava sua jaqueta e o livro, antes de se dirigir o mais rápido possível para a porta.

Josh a observou sair com uma expressão de espanto.

A última coisa que Irene conseguiu ouvir antes de fechar a porta foi:

— Eu também estava morta de vontade de falar com você, Josh. Venha, sente-se ao meu lado.

Irene riu consigo mesma. Sabia que quando Martha agarrava uma presa não a soltava facilmente; então, encaminhou-se para a biblioteca, certa de que ninguém a incomodaria por um bom tempo.

27. A serpente do ciúme

Faltavam apenas dez dias para o Natal, e Irene tentava imaginar como seriam suas primeiras férias longe da sua família e de seu país. Seu pai tinha programado uma viagem de negócios e só pararia em Barcelona por dois dias. Sua mãe, por outro lado, estava indo ao México para conhecer as ruínas maias e, acima de tudo, para passar alguns dias na praia.

Tinha custado a convencê-la de que fazer aquela viagem lhe faria bem. Finalmente conseguiu, não sem antes lhe assegurar de que ficaria bem na Cornualha e que não sentiria falta de toda a tradição natalina.

Embora não estivesse tão certa dessa última afirmação, tinha certeza de que, se as duas ficassem sozinhas em Barcelona, sua mãe acabaria totalmente deprimida. Seria melhor passar bem longe dessa prova de fogo – os primeiros Natais como divorciada – em um lugar onde nada nem ninguém a fizesse se lembrar da família feliz e unida que tinha deixado de existir.

Naquele sábado, o pessoal da manutenção do Saint Roberts, armado com escadas altas, tinha começado a pôr guirlandas e enfeites natalinos nas árvores e nos muros da praça. Já havia anoitecido, e Irene viu, pela janela, as luzes coloridas se acenderem pela primeira vez. Em cima do pinheiro mais alto reluzia uma enorme estrela branca.

– Viu isso, Martha? Já estamos quase no Natal – disse, com um suspiro nostálgico, voltando-se para sua colega de quarto.

Martha, que estava se arrumando diante do espelho, nem a ouviu. Estava entrincheirada em seus fones de ouvido Oboe brancos, ouvindo uma música a todo volume. Irene se perguntava se ela os tiraria em algum momento pelo menos para se pentear antes de sair.

Não se podia dizer que as coisas entre as duas tivessem melhorado muito desde que fizera aquela manobra para deixar a colega sozinha com Josh, uns dias atrás. Sempre que podia, a inglesa a evitava e só lhe dirigia a palavra quando estritamente necessário.

Irene achava que o bibliotecário talvez tivesse falado dela mais do que devia e por isso as investidas de Martha não tinham surtido os efeitos esperados. Continuava a acreditar, no entanto, que o encantamento de Josh por ela ia passar logo. Então talvez Martha e ela voltariam a se dar como antes.

Parou de olhar para as luzes para não ficar deprimida e foi para a cama se acomodar nas almofadas e continuar a leitura de *Jane Eyre*.

Estava muito atrasada na leitura. Só tinha lido quinze páginas, porque, com as férias chegando, precisara entregar um monte de trabalhos. Na verdade, não tinha voltado a abrir o romance desde que o pegara emprestado na estante de Marcelo, na quinta-feira da semana anterior. Nem tivera tempo de falar com ele que levara o livro.

O que fez foi procurar toda a informação possível sobre a autora e o romance. *Jane Eyre*, escrito em 1847 por Charlotte, uma das irmãs Brontë, conta a palpitante história de uma menina órfã criada por uma tia malvada e tirana. Sua infância lembra a de Oliver Twist, cercada de privações e, sobretudo, desprovida de calor humano.

Jane sofre com os abusos da tia e dos primos, até que resolvem mandá-la estudar em um internato, onde vive em condições bem adversas. Mas faz ali alguns amigos e tem uma boa formação. Aos dezoito anos, torna-se professora da instituição que a viu crescer.

A história dá uma guinada quando, aos vinte anos, ela vai para Thornfield, para ser preceptora de Adèle, uma menina adotada por Edward Rochester, o dono da casa.

Jane se apaixona por Rochester, e, depois de vários problemas, ele a pede em casamento. Quando estão prestes a se casar, duas testemunhas aparecem e dizem que Edward já é casado. Ele admite e conta a Jane que se casou enganado com uma bela mulher que se revelou uma louca com impulsos homicidas. Ela é mantida no sótão de Thornfield, aos cuidados de uma enfermeira atenciosa, para evitar que se machuque ou venha a ferir alguém.

Diante de tal revelação, Jane foge e é acolhida por um clérigo, com quem mora por um tempo enquanto dá aulas numa escola das redondezas.

Um dia tem a impressão de ouvir a voz angustiada de Edward, chamando-a. Volta a Thornfield e descobre que Rochester ficou cego e foi morar numa fazenda próxima, depois que sua esposa pôs fogo na casa. Como estava viúvo, Jane decide perdoá-lo e fica lá com ele.

– Finalmente! – exclamou Irene, sorrindo. Ela estava doida para ler um romance com final feliz depois de tantas histórias de suicídios e catástrofes. Além disso, achava a personagem Jane, uma mulher forte e de princípios, muito interessante.

Chamou sua atenção, na página dezoito, outro daqueles comentários a lápis do leitor misterioso:

É ISSO AÍ, JANE!

Irene começou a folhear o livro em busca de outras anotações parecidas. O livro estava cheinho delas.

Na página duzentos e cinquenta havia uma parte sublinhada, exatamente no trecho em que Jane percebe que está irremediavelmente apaixonada por Rochester, apesar de suas tentativas de cortar esse sentimento do coração:

Meus olhos dirigiram-se involuntariamente para seu rosto. Não pude controlar minhas pálpebras: elas se ergueram, e minhas pupilas se fixaram nele. Fitei-o e senti um intenso prazer, um prazer precioso, embora doloroso: de puro ouro, com uma pungente ponta de aço. Um prazer como o que sente um homem que está morrendo de sede, que sabe que o poço até o qual se arrastou é de águas venenosas e, no entanto, debruça-se para beber profundamente delas.

Na sequência havia outra referência àquela enigmática B. que já tinha visto no livro de Haruki Marakami:

*LEMBRO-ME DE SEU OLHAR CRISTALINO,
SEUS OLHOS LÍQUIDOS, E SEI QUE
SÓ B. PODERIA APLACAR MINHA SEDE.
MAS NÃO DEVO PENSAR MAIS NELA.
TENHO QUE ME CURAR DESSA DOENÇA!*

Irene ficou espantada ao perceber que aquelas anotações que acompanharam suas leituras no curso de gramática do amor e que em alguns momentos a fizeram rir com observações perspicazes e divertidas não eram de outra pessoa senão de Marcelo.

Mil perguntas se atropelavam em sua mente. Por que ele teria lido os mesmos livros que ela estava lendo agora? Marcelo nunca lhe disse que gostava de literatura, nem tinha feito um único comentário a respeito dos romances que ela devorava, muitas vezes ao lado dele.

Tinham lido *Werther* juntos, em voz alta, e ele não dissera nada. Por que tinha escondido isso? E quem era essa tal de B.? Seria a mesma garota australiana que o magoara havia alguns anos?

Uma pontinha de ciúme fez com que ela quisesse saber mais sobre aquela garota de olhar líquido. Resolveu que, quando voltasse a ver Marcelo, perguntaria tudo isso.

A voz de Martha, que enfim tinha se dignado a lhe dirigir a palavra, tirou-a daquela agitação febril:

– Você vai ficar aqui a noite toda?

– É, não tinha pensado em sair. Por quê? Você já jantou? Quer que eu pegue algo para você na lanchonete? – perguntou Irene, toda solícita.

– Só preciso que você suma daqui.

– Já falamos sobre isso, Martha – retrucou ela, cansada de ouvir aquela história. – Não se pode trocar de colega de quarto no meio do curso, portanto você vai ter que me aguentar mais alguns meses.

– Não estou falando disso, sabichona. O que quero dizer é que preciso que você saia daqui por algumas horas. Estou esperando uma visita.

Irene olhou pela janela. Lá fora via-se uma noite chuvosa, com vento, e a última coisa que gostaria de fazer era caminhar até o *pub*. Mas também não estava nem um pouco a fim de aturar

Martha e seu galã daquela noite, quem quer que fosse; por isso, teve que pensar rápido.

Ia ver Marcelo. E, de quebra, trataria de esclarecer que diabo significavam aquelas anotações e quem era aquela B.

Vestiu a capa e as galochas e foi para o alojamento dos meninos. Ao sair, cruzou no corredor com dois alunos mais novos que Martha e ela. Estavam carregados de cerveja, amendoins e biscoitinhos salgados. Uns segundos depois da entrada dos garotos, Irene chegou a ouvir os gritinhos de felicidade de sua colega de quarto e o som estrondoso de um possível rap.

Lá fora, as luzes de Natal só iluminavam o chão sob seus pés, e ela chegou a escorregar duas vezes por causa do gelo.

A porta de Marcelo estava trancada. Chamou duas vezes, mas ele não foi abri-la. Percebeu, então, que as cortinas da janela não estavam fechadas e se aproximou para ver se o amigo já estava dormindo. Ficou surpresa ao constatar que o quarto estava vazio. Teria acontecido algo?

Ficou mais aliviada ao lembrar que Marcelo estava quase bom, embora de vez em quando ainda ficasse tonto. Depois desses dias todos trancafiado, deve ter saído para tomar um pouco de ar, pensou. Foi, então, procurar no lugar onde tinha mais probabilidade de encontrá-lo: a pista de atletismo.

A chuva caía com força, e Irene sentiu sua calça ficar encharcada, apesar das galochas e da capa.

Procurou por toda a área de treinamento, mas Marcelo não estava lá. Já estava prestes a ir embora quando julgou ter visto uma luz se mover ao longe, perto do penhasco. Seria ele?

Conhecia o caminho como a palma da mão, pois o havia percorrido diversas vezes meio sonolenta naquelas corridas matinais, então foi para aquela direção, decidida, sob copas das árvores para se proteger um pouco do temporal. No fim da estrada, viu uma figura alta, vestida com um casaco grosso e segurando uma lanterna, de costas para ela, olhando para a escuridão do penhasco.

– Marcelo? É você?

– Irene? Que diabo está fazendo aqui? Você me deu o maior susto!

– Fui até seu quarto e fiquei preocupada quando vi que você não estava lá. Mas... o que *você* está fazendo aqui? Poderia ter caído. Está o maior temporal.

– Não se preocupe, estou bem melhor. Desde quinta-feira não fico tonto.

– Que maravilha! Mas devia ter me dito que ia sair. Eu acompanharia você.

– Já era muito tarde. E eu estava tão contente que o quarto ficou pequeno. Precisava respirar.

– E por que estava tão feliz? – perguntou Irene, intrigada.

O vento fazia a chuva cair como uma cortina de água na diagonal. E apesar de sua capa ter capuz, Irene sentia que ficava ensopada, como um gatinho debaixo da tempestade.

– Foi uma surpresa, Irene. Recebi uma notícia maravilhosa! Daqui a três dias vou receber a visita de uma pessoa muito querida que vem da Austrália para me ver – respondeu Marcelo, cujos olhos profundos brilhavam na escuridão.

– E quem é essa pessoa? Uma velha amiga?

– Pode-se dizer que sim... – respondeu ele, um pouco em dúvida se deveria contar. – Há mais de dois anos que não vejo Brenda. Você sabe que os médicos me proibiram de viajar para passar o Natal com meus pais, e eles também não puderam vir aqui porque estão trabalhando. Por isso estou tão feliz por poder passar esse período de festas com uma pessoa que é tão especial para mim.

Irene sentiu a serpente do ciúme se enrolar em suas pernas novamente. Tinha imaginado que, por estarem quase sozinhos no Saint Roberts, aqueceriam suas noites ao lado de uma boa lareira, lendo em voz alta e quebrando juntos os *Christmas crackers*. Mas Marcelo acabara de deixar bem claro que preferia a companhia de outra pessoa muito mais *querida.*

– Não é de espantar que esteja tão contente, então – disse, virando o rosto para que ele não percebesse sua expressão sombria.

– Acho que fiquei curado só de pensar que em breve vou vê-la. Brenda é uma pessoa muito especial, você vai ver só!

– Tenho certeza... Agora precisamos ir. Está chovendo a cântaros, e você ainda está se recuperando. Não devia fazer um esforço tão grande logo na primeira saída. Venha, vou acompanhar você.

No caminho de volta, Marcelo não parou de falar de seus planos com Brenda. Queria acampar, levá-la a Truro e fazer outras mil coisas que para a garota, acostumada à paisagem australiana, iam ser bem divertidas.

Quase chegando ao alojamento, Irene percebeu que ele estava cansado e deixou que se apoiasse em seu ombro. Perturbada com a visita daquela misteriosa amiga, não se lembrou de perguntar por *Jane Eyre* nem pelos outros livros. "Mas é claro!", disse consigo mesma. "Se sua visita daquele Natal se chamava Brenda, e nas anotações Marcelo falava sempre de uma tal de B., elas deviam ser a mesma pessoa!"

Irene se despediu de Marcelo, arrasada. Não podia suportar mais nem um minuto aquela alegria insolente e os elogios que fazia para aquela estranha. Então, foi para o seu quarto a passos rápidos, com uma raiva inexplicável.

Nem percebeu que o capuz da capa tinha caído e que estava molhando completamente o cabelo e o rosto.

28. Ventos de mudança

Ao chegar em seu quarto, deparou-se com um estranho silêncio. Tinha se preparado para enfrentar Martha, que acharia um atrevimento ela voltar antes da hora e acabar com a diversão. Mas não ouviu música ou qualquer barulho de confusão por trás da porta. Por isso, achou que a colega tinha se cansado dos dois pirralhos e mandado que eles fossem embora para o quarto deles.

Um forte cheiro de vômito, suor e cigarro fez com que, ao abrir a porta, ela tivesse que tapar o nariz com a mão. Tropeçou em uns copos e em uma garrafa de gim que eles tinham bebido até a metade. O chão do quarto parecia uma pocilga, repleto de embalagens plásticas, guimbas de cigarro e capas de discos jogados por todo lado.

O ambiente estava numa semipenumbra, só iluminado por uma fraca luz vinda do corredor, filtrada pela porta entreaberta. No entanto, Irene logo percebeu que não estava sozinha.

Um movimento brusco ao lado da cama de Martha a deixou em alerta. Tateando a parede, achou o interruptor e acendeu a luz.

Levou alguns segundos para entender a cena que seus olhos viam. O corpo de Martha deitado na cama, imóvel, enquanto um dos adolescentes tentava baixar a calça da moça à força. Não era uma tarefa muito fácil, pois ela parecia estar inconsciente.

O outro garoto estava de pé, perto da cama, esperando o cúmplice terminar a operação. Estava quase nu, e Irene constatou, horrorizada, uma enorme ereção sob a cueca.

Ele se virou, surpreso com a luz.

– Que merda é essa que estão fazendo? – gritou ela, cerrando os punhos.

Uma onda de raiva a invadiu ao perceber que os dois queriam abusar de sua amiga. Esqueceu até que estavam em superioridade numérica.

– O que acha? – respondeu o que estava de cueca, aproximando-se dela e mostrando a língua de forma obscena. – Quer participar, bonequinha?

– Não se atreva a tocar em mim, pirralho! Se não forem embora daqui neste instante, vou chamar o vigia! – respondeu Irene, sem se afastar um centímetro sequer.

Como o garoto continuou se aproximando, ela passou a mão no que estava mais perto: um dos grossos volumes do *Oxford Dictionary of Literature*. Com toda a sua força, varejou o livro na cara dele. Lembrou-se por um instante de uma cena de *Jane Eyre* em que o primo joga nela um livro, fazendo-a sangrar, e num cantinho recôndito de sua mente riu daquela coincidência por um décimo de segundo.

O primeiro volume passou bem perto da cara daquele desgraçado, que teve um reflexo rápido e conseguiu se esquivar no último instante. O livro acabou se estatelando no chão e fez um barulhão.

O segundo projétil literário o atingiu em cheio. O agressor deu um grito de dor e pôs as mãos na cabeça, mas logo se recuperou.

Irene se deu conta de que o impacto tinha deixado o garoto ainda mais irritado. Estava metida em uma baita confusão. Pegou então um pesado cinzeiro de cerâmica que Martha tinha feito no ensino fundamental e que, por alguma estranha razão, ainda mantinha em sua escrivaninha. Preparou-se para usá-lo também como projétil.

O outro garoto que tentava tirar a calça de Martha ergueu a mão e lançou um olhar significativo para o colega, que recuou. Parecia querer assumir o controle a partir dali por ter percebido que Irene podia complicar a vida dos dois e, então, tratou de tentar contornar a situação:

– Não sei por que está assim, garota. Só estávamos ajudando a sua amiga a se acomodar para dormir. Fizemos uma festinha a três, como você sabe – disse, apontando com sarcasmo seu colega de cueca –, mas Martha tomou um porre e ficou enjoada. Por isso estávamos colocando sua amiga na cama. Vamos, Steve, vista-se logo!

O rapaz tratou de se vestir o mais rapidamente possível. E os dois saíram dali fumando.

Irene continuava de pé, no meio do quarto, segurando com força o cinzeiro. Um minuto depois, sentiu uma forte descarga de adrenalina e seu corpo começou a tremer descontroladamente.

Trancou a porta e se aproximou de Martha, que continuava dormindo.

Então a sacudiu bastante e percebeu que tinha uma coisa errada ali. Martha não respondia e quase não conseguia se mexer. Concluiu que a inglesinha não estava bêbada, mas drogada com algo que os garotos tinham posto na sua bebida. As suspeitas se confirmaram quando viu um frasco de soníferos sobre a mesinha de cabeceira, ao lado de um copo que continha um pouco daquele preparado.

Tomada de ódio, teve vontade de ir atrás daqueles desgraçados e lhes dar umas pauladas. Quando conseguiu se acalmar um pouco, ficou em dúvida se deveria chamar primeiro os seguranças, a polícia ou uma ambulância, mas por fim decidiu que o melhor a fazer seria esperar o dia amanhecer.

Martha parecia fora de perigo. Sua respiração era profunda e compassada, o que fez Irene acreditar que ela acordaria de manhã com um pouco mais que uma bela dor de cabeça. O frasco de soníferos estava bem cheio ainda, portanto Martha não tinha tomado uma dose letal. Prestaria atenção, para ver se passaria mal de madrugada, e de manhã iria com ela denunciar os garotos para o diretor.

Depois de um tempinho velando o sono da companheira, se deu conta de que precisava fazer algo, caso contrário pegaria no sono, tão cansada que estava das fortes emoções daquela noite.

Abriu o notebook e decidiu responder aos e-mails:

Para: Papai
De: Irene
Assunto: Re: Esquilinha
Oi, pai,

Como vai? Está muito frio na Suécia? Na Cornualha está bem frio, embora não tanto como imaginávamos. Chove quase o tempo todo. Sobre a pergunta da sua mensagem anterior: não, não precisa me mandar mais dinheiro. Este lugar é bem parado, não tenho muito com que gastar. Além disso, tenho os cartões de crédito para alguma emergência, lembra?

Espero que os suecos sejam simpáticos e que, entre uma reunião e outra, sobre algum tempinho para você passear e descansar. Deve ser bonito passar o Natal em um lugar tão branco e com inverno rigoroso. Não é próximo da casa de Papai Noel? Espero que me telefone para contar tudo.

Um beijo grande de sua esquilinha. Com saudade,
Irene

Martha se mexeu, inquieta, e Irene se aproximou da cama para ver se a amiga estava passando bem.

Tirou os sapatos dela, que com certeza deviam estar incomodando, e voltou até o computador para continuar respondendo aos e-mails:

Para: Mamãe
De: Irene
Assunto: Re: Lindo México
Querida mamãe,

Fico muito feliz em saber que já está com tudo preparado para viajar. Minha tia me escreveu uns dias atrás e me disse que você continua preocupada comigo. Por favor, não se preocupe. Fiz muitos amigos aqui e vamos passar um Natal maravilhoso juntos. Você sabe que nunca gostei das musiquinhas, das guirlandas e dessas tradições bobonas. Vou gostar de passar o Natal, dessa vez, *à anglaise*.

Divirta-se bastante, viu? E não deixe de me contar as novidades lá do México.

Um beijo,
Irene

Desligou o computador com um aperto no coração. E não só pela perspectiva de passar o Natal sozinha num país estrangeiro.

Tinha a sensação de que todo o seu mundo, o ninho que havia criado nas últimas semanas no Saint Roberts, vacilava e estava prestes a mudar para sempre.

Talvez tivesse vivido o tempo todo num equilíbrio precário, sem perceber que a qualquer momento alguém poderia puxar o tapete de debaixo dos seus pés.

Cansada e confusa, relembrou mais uma vez suas últimas conversas com Peter e com Marcelo até cair num sono profundo em cima da escrivaninha.

29. O amor está em toda a parte

Ela acordou com os ombros e os braços completamente dormentes. Uma vozinha doce lhe sussurrava ao pé do ouvido e ela sentia uns beijinhos suaves nas pálpebras, as quais não conseguia abrir.

– Amo você, Irene – dizia.

Quando conseguiu abrir os olhos, deu de cara com Martha, que tinha o rosto a poucos centímetros do seu. Tentou se mexer, mas seu pescoço estava duro e tinha o corpo todo doído.

Sua colega de quarto cheirava a xampu e estava de cabelo molhado. Usava um agasalho esportivo limpo e a observava bem de perto com a maior admiração.

– Você é uma verdadeira heroína. Não sei como conseguiu enfrentar aqueles dois. Eram dois, Irene! Poderiam ter machucado muito você.

– Acho que acabaram ficando com mais medo que eu – respondeu, enquanto se alongava feito um gato para recuperar a flexibilidade de seus músculos maltratados. – Mas você não estava inconsciente? Como sabe o que aconteceu?

– Não conseguia me mexer, mas ouvia tudo. Essa coisa que eles puseram na minha bebida me deixou meio catatônica. Foi horrível! De repente me senti mal, vomitei e caí. Eles me agarraram e aí me dei conta de que tinha caído numa armadilha. Não sei o que aconteceria se você não tivesse chegado bem na hora! Sou eternamente agradecida pelo que fez, amiga. Você me perdoa pelas chatices dos últimos dias? – perguntou, com olhos suplicantes.

– Claro, Martha.

Ao ouvir a resposta, a inglesa ficou com lágrimas nos olhos e chegou até a dar um soluço. Irene também se emocionou e abraçou a colega, que se agarrou ao seu pescoço com tanta força que quase a sufocou.

– Calma, não foi nada... Qualquer um em meu lugar teria feito o mesmo – disse Irene, feliz por voltarem ao normal, se é que aquele novo estado de admiração exaltada podia ser chamado de normal.

Martha não se cansava de tecer elogios à amiga. Comparava Irene à Mulher Gato e a Lara Croft. Andava atrás dela pelo quarto, tagarelando, e até se meteu no banheiro quando Irene foi tomar banho. Irene começou a ter saudade da garota mal-humorada que enfiava os fones nos ouvidos às sete da manhã e não lhe dirigia a palavra o dia todo.

Quando saiu do box, onde teve que se fechar para não ver Martha por uns dez minutos, fez a inglesa prometer que a trataria como sempre e que pararia de falar dela como se fosse a própria Mulher Maravilha.

– Se é isso que você quer... Mas nunca vou me esquecer de você atingindo a cabeça do menorzinho. Finalmente esse monte de livros serviu para alguma coisa, além de deixar a sua cabeça cheia de minhocas.

– Você tem razão, até que enfim encontrei uma utilidade para eles – disse às gargalhadas. – Vamos, temos que sair. Você precisa denunciar os dois. Primeiro devíamos falar com o diretor, depois com a polícia.

– Não, Irene, não posso fazer isso – respondeu Martha, séria.

– Por que não? Se não disser nada, eles podem tentar fazer o mesmo com outra garota desavisada.

– Mas se eu denunciá-los, terei de admitir que tinha convidado os dois para irem até meu quarto e que bebemos. Vou acabar me dando mal, talvez acabe sendo expulsa. Meus pais me matariam!

– Então, vai deixá-los se safarem numa boa?

– Não mesmo. Vou encontrar um jeito de me vingar, pode ter certeza – disse ela, entre dentes.

– Se está dizendo... – retrucou Irene, nada convencida.

– Você tem a minha palavra. Mudando de assunto, o que acha de passarmos a manhã toda aqui? Como nos velhos tempos! Tenho biscoitos amanteigados e podemos ver um filme no meu computador.

Irene achou a ideia ótima. Estava exausta e só queria ficar quietinha ali, de pijama, ouvindo a chuva cair enquanto bocejava assistindo a uma comédia daquelas de que Martha gostava.

– Vamos ver de novo *Simplesmente amor*? Estamos precisando de um bom filme.

– Genial!

Simplesmente amor fora um dos primeiros filmes que as duas viram juntas no dormitório, numa manhã de domingo bem parecida com aquela. Uma sensação de conforto invadiu Irene. Não tinha percebido como estava com saudade daquela rotina e familiaridade.

Enquanto assistiam àquelas histórias entrelaçadas cujo denominador comum era sempre o amor, Martha segurou a mão da colega de quarto num gesto de companheirismo. Irene, por sua vez, apertou-a também, comovida mais uma vez com aquele gesto espontâneo de carinho e intimidade.

Olhando para ela, disse a si mesma que o amor era muito maior que as histórias divertidas e as paixões adocicadas retratadas no filme. A amizade não era outra forma de amor, até mais pura e generosa?

Em off, a voz de Hugh Grant, que interpretava o primeiro-ministro britânico, apaixonado por uma moça de classe média, que fazia parte de seu gabinete, parecia confirmar seus pensamentos:

Sempre que fico pessimista com a situação do mundo, penso no portão de desembarques do aeroporto de Heathrow. A opinião geral é que vivemos num mundo de ódio e cobiça, mas eu não acho que seja assim. Para mim, parece que o amor está em toda a parte. Muitas vezes não é particularmente importante para virar notícia, mas está sempre lá – pais e filhos, mães e filhas, maridos e mulheres, namorados, namoradas, velhos amigos. Quando os aviões bateram nas Torres Gêmeas, que eu saiba nenhum dos telefonemas das pessoas a bordo foi de ódio ou vingança – todos foram mensagens de amor. Se você prestar bem atenção, verá – tenho a estranha sensação de que o amor está de fato em toda a parte.

Irene ficou com os olhos cheios d'água ao ouvir aquela declaração superposta às imagens de um monte de casais, famílias e namorados se reencontrando no aeroporto. Estava com as emoções à flor da pele e pensou que aquela comédia romântica vinha bem a calhar para ela poder dar vazão aos sentimentos.

Martha, que estava concentrada nos biscoitos, lhe passou um lenço de papel do pacote que deixara preparado, e Irene voltou a mergulhar na história. Das oito histórias contadas, a sua favorita era a de Juliet, interpretada por Keira Knightley.

Juliet está prestes a se casar e descobre que o melhor amigo de seu futuro marido não a suporta. Numa das cenas, o amigo antipático aparece na casa de Juliet e confessa que na verdade está profundamente apaixonado por ela. Para fazer essa declaração, ele não abre a boca em nenhum momento. Vai passando diante dela uns cartazes enormes escritos com caneta hidrográfica e assim revela o segredo e o motivo de tratá-la com tanta indiferença.

Para Irene, aquela declaração era tão romântica que se emocionava sempre que a via. Minutos depois, Irene suspirou ao ver o ator Colin Firth.

– Acho esse homem lindo. Ele é tão interessante!

– Sério? Acho que ele é um pouco irritante: está sempre com a mesma cara.

– Ah, fique quieta, você não sabe o que está falando. Ele não é irritante coisa nenhuma, só está angustiado, sofrendo por amor – defendeu Irene.

Firth interpretava um escritor que descobre que sua mulher o está traindo com o irmão. Então, foge da Inglaterra, buscando refúgio em uma casinha de campo no sul da França. Tenta escrever ali seu próximo romance e acaba se apaixonando pela empregada portuguesa. Ela não fala inglês, nem ele português, mas isso não chega a impedir que se interessem um pelo outro. Alguns dias se passam e ele tem que voltar para a Inglaterra, a fim de passar o Natal com a família. Mas, afinal, acaba deixando de lado suas obrigações e vai para Lisboa atrás de Aurélia, seu verdadeiro amor. Numa cena bem pouco criativa, mas muito emocionante, o escritor se declara para a portuguesa diante de toda a família da moça e dos clientes do restaurante onde ela trabalha.

Irene deu uma olhadinha de esguelha para Martha. Até ela tinha parado de comer por um instante e estava assistindo à cena, com os olhos brilhando e um sorriso sonhador nos lábios.

O filme terminou como havia começado: a imagem do aeroporto como ponto de encontro dos protagonistas e de outras tantas pessoas anônimas. Ao ver aquelas expressões de felicidade na tela, Irene deixou as lágrimas correrem, pensando que naquele ano ninguém de sua família ia abraçá-la na volta para casa.

Martha, que também não ia ver seus pais porque eles iam esquiar nos Alpes suíços com um grupo de amigos, pareceu compreendê-la. Passou o braço pela cintura de Irene e lhe disse, com uma ternura um pouco grosseira:

– Não se preocupe, Mulher Maravilha. Neste Natal seremos como irmãs. A cozinheira dos meus pais me ensinou uma receita deliciosa de molho de frutas vermelhas para pôr no peru. Não pense que vai se livrar de mim tão facilmente!

30. Jane & Jazz

Irene parou por um instante diante da porta antes de tocar a campainha. Ainda faltavam alguns minutos para as sete da noite, horário que Peter havia marcado para aquela quarta-feira.

A porta de entrada da casa, como as das outras moradias dos professores do Saint Roberts, era de madeira, exceto pela parte de cima, que tinha uma espécie de janelinha quadrada de ferro trabalhado e vidro. Irene aproveitou aquele espelho improvisado para dar um último retoque no cabelo, que deixara solto, e nos lábios finos, pintados com o maior cuidado. Gostava daquele ar meio selvagem que adquiria ao pintá-los de vermelho, em contraste com a cara de criança travessa por causa da franja de lado.

Depois de vários encontros e excursões fora do colégio, Irene achou bem significativo que Peter marcasse a aula nada menos que na própria casa. A desculpa tinha sido que pretendia adiantar uns dias a comemoração de Natal e que lá trabalhariam o romance com mais comodidade.

Irene tinha a maior curiosidade em conhecer o lugar onde o professor morava. E claramente essa era uma mostra de que a intimidade entre os dois se acentuava a cada dia, apesar de suas dúvidas no início. Nervosa, perguntava-se o que iria acontecer naquela noite. Tinha imaginado uma infinidade de possibilidades de como aquele jantar poderia terminar, mas tinha uma certeza: queria participar ativamente dos acontecimentos, fossem eles quais fossem. Estava cansada de ser um dócil cordeirinho e de ter seu destino sempre decidido pelos outros.

Por fim, resolveu tocar a campainha. Peter veio abrir a porta com o cabelo meio despenteado e o rosto e as mãos sujos de farinha.

– Bem-vinda à minha pequena toca – disse ele, inclinando a cabeça. – Entre e fique à vontade. Estou acabando de preparar a sobremesa. Acabo em um minuto!

Em seguida, sumiu por trás de uma porta branca que Irene supôs que levasse à cozinha.

– Obrigada. O cheiro está delicioso! – gritou Irene para que ele ouvisse de lá, enquanto se servia de uma taça de vinho branco da garrafa que Peter deixara aberta perto do sofá.

– Jura? Deve ser o suflê de queijo. Não sou um grande cozinheiro, mas quando era estudante aprendi a preparar direitinho uns três ou quatro pratos para impressionar as garotas. Sinto informar, mas neste jantar você vai provar todo o meu repertório, não sei fazer mais nada – avisou ele, rindo.

Irene se acomodou no macio sofá bordô e ficou reparando os detalhes do ambiente. A sala de Peter era despojada, acolhedora e masculina, um reflexo perfeito de sua personalidade.

O sólido revestimento do chão era de madeira escura e estava coberto por dois tapetes pretos iguais, um debaixo do sofá, outro debaixo da mesa redonda, que já estava posta para o jantar.

Havia também ali três enormes estantes repletas de livros, como em seu escritório, mas elas pareciam mais arrumadas. Irene deduziu que o professor era um apaixonado por jazz clássico, pois viu várias capas de discos com o selo Blue Note pendurados na parede ao lado de cartazes de shows antigos.

No toca-discos, uma relíquia do passado, uma voz levemente rouca, carregada de tristeza e desejo contido entoava uma canção que Irene achou belíssima. Não conhecia nada de jazz, mas a capa vazia do disco estava em cima de uma mesinha e ela pôde ver que quem estava cantando era Billie Holiday, e a música era "I'm a Fool to Want You".

> *I'm a fool to want you*
> *I'm a fool to want you*
> *To want a love that can't be true*
> *A love that's there for others too*
>
> *I'm a fool to hold you*
> *Such a fool to hold you*
> *To seek a kiss not mine alone*
> *To share a kiss that Devil has known**

Irene deixou a capa do disco ali e ficou olhando fixamente para um ponto indefinido, torcendo para que aquela música não fosse um mal presságio que acabaria com suas expectativas para aquela noite.

Para afastar essas ideias pessimistas, levantou-se com a taça na mão e foi observar mais atentamente um pôster preto e branco pendurado na parede.

Tratava-se de uma foto de dois homens mais velhos, negros, sentados junto a um piano. O primeiro tinha um trompete na

---

* Sou uma tola por querer você/ Sou uma tola por querer você/ Por querer um amor que não pode ser verdadeiro/ Um amor que está aí também para outros/ Sou uma tola por te abraçar/ Tão tola por te abraçar/ Por querer um beijo que não é só meu/ Por dividir um beijo que o diabo já provou.

mão esquerda. Estava inteiramente à vontade, como se confiasse plenamente no mundo. Ria tanto que a cabeça chegava a estar um pouco inclinada para trás e os olhos mais pareciam duas fendas escuras. Exibia duas fileiras de enormes dentes branquíssimos, perfeitamente alinhados. Ao seu lado, o outro homem, com as mãos no colo e os pés cruzados, tinha uma postura um pouco mais tímida. Também ria.

Irene leu os nomes escritos debaixo da foto e descobriu que aqueles dois eram Louis Armstrong e Duke Ellington. Não era uma completa ignorante, e aqueles nomes lhe eram familiares: sabia que eram grandes músicos de jazz. O que a intrigava, porém, era a história que estaria por trás daquela fotografia. Do jeito que Duke estava rindo, mais contido que Louis, parecia que tinha acabado de contar uma piada divertidíssima que fez o trompetista cair na gargalhada.

Teria adorado presenciar aquele momento capturado pelas lentes do fotógrafo, podendo participar da piada. Embaixo da foto, alguém tinha acrescentado uma frase enigmática, escrita com uma caneta hidrográfica grossa:

OS CAVALHEIROS SEMPRE ACENTUAM OS TEMPOS FRACOS.

– Adoro essa foto – disse Peter, aparecendo subitamente ao seu lado, com uma taça de vinho. – É um pedacinho de felicidade em suspenso no tempo.

– Parecem muito diferentes um do outro – observou ela. – Duke Ellington... É ele, não é? Até parece um pouco encabulado.

– É o Duke Ellington, sim. Ele tinha modos de aristocrata, talvez por isso pareça mais contido. Já Louis Armstrong sempre passou uma imagem de *clown*. Há poucas fotografias dele em que não esteja sorrindo. Você sabia que Ellington foi o inventor do *swing*? Essa frase escrita aí foi dita por ele numa referência ao próprio ritmo.

— Não fazia a menor ideia. A verdade é que não conheço muito bem esse tipo de música.

— Se quiser, podemos trocar por outro.

— Ah, não, não precisa! Estou gostando do que estamos escutando — disse Irene se referindo a Billie Holiday. — Embora seja um pouco triste.

— A vida dessa cantora não foi propriamente alegre. Você precisa ouvir algumas de suas primeiras gravações. A voz dela soa tão diferente... Parece a de uma menininha, mas já dá para perceber a sua complexidade.

Irene se sentiu intimidada por aquelas explicações de especialista. Por um momento se perguntou o que estava fazendo ali naquela sala com lareira, com um homem bem mais velho, mais sofisticado e culto que ela. Que sabia ela da vida? Pouca coisa. Nem ao menos fazia ideia de quem tinha inventado o *swing*!

Peter pareceu captar parte de sua inquietação e mudou completamente o rumo da conversa, levando-a a um território mais familiar:

— Não quero encher você com detalhes tão pouco transcendentes. Além disso, em música o mais importante é desfrutar. Vamos jantar? E aí você me fala do seu trabalho sobre *Jane Eyre*. Eu o li e tenho algumas dúvidas que queria perguntar a você. E já vou logo dizendo que esse é um dos meus romances favoritos.

— Do que você mais gosta nesse livro?

— Gosto da Jane. Ela é uma moça corajosa e autêntica, que nunca tem medo de dizer o que sente. Essas qualidades são duplamente interessantes em se tratando de uma mulher daquela época. Nem hoje em dia encontramos facilmente pessoas tão decididas como ela.

Irene prestou bastante atenção àquelas palavras, que lhe deram ânimo para seguir adiante com suas intenções para aquela noite. Tinha pensado em se declarar para Peter durante o jantar e, com isso, esclarecer de uma vez o que havia entre eles. Ensaiou diferentes possibilidades, vários discursos e estratégias, e *Jane Eyre* tinha sido justamente a sua fonte de inspiração.

Quando se apaixona pelo sr. Rochester, Jane trata de esquecer esses sentimentos proibidos, mas, num ataque de sinceridade, ao imaginar que ele iria se casar com outra, resolve confessar-lhe que não saberia viver sem o seu amor.

O professor tinha acabado de dizer que admirava a coragem da personagem de Charlotte Brontë, e Irene achou que aquilo era um convite e tanto para que ela própria se declarasse. Tomou um grande gole de vinho e se sentou na frente dele. Sobre a mesa ele colocara uma toalha simples, embora de boa qualidade, e um par de velas acesas.

Peter serviu o suflê de queijo.

– Ora, vejam só! Está com uma cara ótima!

– Esperava que não estivesse bonito? – disse ele, brincando.

– Talvez – respondeu ela, com uma voz provocante. – Atraente, bom cozinheiro, grande leitor, uma conversa excelente, um perfeito cavalheiro e, além de tudo, especialista em jazz. O que mais uma garota poderia querer?

Peter pareceu constrangido com o comentário de sua aluna e sua atitude sedutora. Concentrou-se, então, exageradamente, na tarefa de abrir a garrafa de vinho tinto que tinha nas mãos. Irene continuou insistindo, sem perceber que estava sendo inconveniente:

– Peter, o que acha do relacionamento entre pessoas com alguma diferença de idade?

O professor ficou pálido e fugiu depressa para a cozinha, com a desculpa de que tinha de pegar algo que esquecera.

"Que é isso, Irene? Não acha que passou um pouco dos limites? Não se pode ir de oito a oitenta em três segundos!", censurou-se em voz baixa.

Quando Peter voltou com um saleiro na mão, ela já havia se acalmado e tratou de apresentar uma versão mais recatada de si mesma. Iria conquistá-lo com sua conversa inteligente, como Jane com o sr. Rochester, pensou.

E logo pôde fazer isso, demonstrando seus conhecimentos sobre literatura do século XIX, já que o professor encaminhou a conversa para aquele terreno, evitando cuidadosamente qualquer referência pessoal. Enquanto devoravam o suflê, regado por um saboroso merlot australiano, Peter pegou as cinco páginas do seu trabalho, cobertas de anotações em caneta vermelha.

Do toca-discos vinha o som de "Sophisticated Lady". Aquela música sugestiva, aliada aos efeitos do vinho, não deixava que Irene se concentrasse em outra coisa, a não ser nos olhos e nos lábios de Peter.

– Vejamos – principiou ele. – Queria comentar esse trecho em que você diz que *Jane Eyre* não é só um romance de amor. O que quis dizer com isso?

– Quis dizer que no livro aparecem muitos tipos de amor. Claro que há a paixão entre Rochester e Jane, mas também o amor entre as irmãs River, o carinho maternal de Jane por Adèle e ainda os efeitos que uma existência sem amor podem provocar numa pessoa.

– Está falando da sra. Reed, a tia de Jane?

– Estou. Achei muito interessante a cena em que as duas se reencontram, quando Jane já é adulta, e como nem em seu leito de morte a sra. Reed é capaz de dar à sobrinha um pouquinho de carinho.

– Talvez não perceba, Irene, mas essa reflexão que acaba de fazer é absolutamente notável. Posso dizer, sem medo de errar, que você é a melhor aluna que já tive na vida. Estou orgulhoso de você.

Não eram exatamente essas as palavras que desejava ouvir do professor, mas como elas não contradiziam o seu objetivo de maneira evidente, as ouviu com prazer. Não tinha acabado de se propor conquistá-lo pelo intelecto?

Peter se referiu a mais um dois aspectos do seu trabalho e, antes de terminarem o segundo prato, já não havia mais nenhum comentário a fazer.

Irene ajeitou o cabelo e se preparou para o terceiro assalto da noite. Peter tinha se levantado para trocar o disco, e ela, fingindo comer seu filé ao vinho, maquinava qual seria seu próximo passo.

O professor colocou outro disco de jazz, completamente diferente do delicado sentimentalismo do anterior. Era uma velha gravação de Duke Ellington, cantando "It Don't Mean Anything If Ain't Got Swing" acompanhado por uma *big band*. O clima na sala mudou completamente com aquela música alegre e despreocupada, que evocava o ritmo e o ar de Nova Orleans. Os pés de Irene se movimentaram involuntariamente e o rosto de Peter ficou menos contraído.

– Só um instante. Vou levar isso lá para dentro e volto trazendo a sobremesa. Preparei o meu célebre *coulant* de chocolate!

– Vou ajudá-lo – retrucou Irene, levantando-se também e pegando as taças e os talheres.

Foram juntos para a cozinha, Peter andando à sua frente. Irene se espantou ao ver que o lugar era minúsculo, embora muito organizado. Ali dentro só cabia uma pessoa, então Irene precisou esperar que seu anfitrião pusesse a louça na lavadora e fechasse a porta do aparelho para poder entrar.

    O cozinheiro abriu o forno, de onde saía um aroma maravilhoso de chocolate quente. Quando tirou a travessa, esbarrou em Irene, que viu aquele acidente como um sinal dos céus, indicando-lhe que era o momento que estava esperando.

    Peter estava com as mãos ocupadas, segurando a travessa, e ela aproveitou para ficar bem perto dele. Com o dedo, limpou uma manchinha de farinha que ele ainda tinha na testa e lhe fez um carinho com o dorso da mão. Ele a fitou com a mesma intensidade de semanas atrás lá no *pub*.

    Irene sentiu que se perdia naqueles olhos brilhantes. Chegou ainda mais perto, acariciando o seu cabelo e disposta a beijá-lo, certa de que ele corresponderia a seu beijo. Acabava de ver isso nos olhos do professor. Ele, porém, virou o rosto no último instante, e, em vez da tão desejada boca, o que Irene encontrou foi a sua face.

    Confusa, magoada e morta de vergonha, a sedutora fracassada voltou rapidamente para a sala. Peter correu atrás dela, sempre com a travessa na mão.

    – Não fique chateada, Irene. Você é uma garota maravilhosa, inteligente, e eu adoraria... Bom, qualquer garoto desse colégio ficaria louco para conquistá-la. Mas sou seu professor e lhe devo respeito. Além disso, não sou a pessoa ideal para você.

    – E quem é você para saber o que é melhor para mim? – perguntou ela quase gritando.

    Sentia-se humilhada e percebia que as lágrimas começavam a lhe escorrer pelo rosto. Não queria que Peter a visse chorar. Aquelas explicações eram desnecessárias, pois o gesto do professor já dissera tudo. Pegou então a bolsa e o casaco às pressas e saiu para a noite, batendo a porta às suas costas.

31. A *Aussie*

Acordou por volta das seis da manhã, inteiramente atordoada pela falta de sono. A primeira coisa que lhe veio à cabeça foi o rosto de Peter com a travessa nas mãos. Lembrou-se de como ele a olhou com tristeza quando ela saiu batendo a porta na cara dele.

Sentiu uma pontinha de tristeza e certa sensação de ridículo. O que Peter ia pensar dela? Tinha certeza de que não era a primeira vez que uma aluna se apaixonava por ele. Ficou horrorizada com a ideia de que ele pudesse achar que ela era apenas mais uma daquelas "lolitas" que ele precisou desiludir com delicadeza.

Para se consolar, disse a si mesma que ao menos agora sabia onde estava pisando. Tinha se arriscado e, embora o resultado não tivesse sido o desejado, sentia uma estranha calma.

Saiu da cama com um suspiro de resignação e foi se arrumar. Tinha combinado com Marcelo às sete horas. Faltavam menos de quinze dias para a corrida, que aconteceria logo depois do Ano-Novo, e o seu coelho estava insistindo para que voltassem a treinar o quanto antes.

Irene achava que talvez não fosse prudente para ele começar a correr tão pouco tempo depois do acidente, mas o seu amigo era um cabeça-dura e não se deixava convencer facilmente. Pôs as roupas e os tênis de corrida novos que o pai tinha lhe mandado de presente de Natal antecipado. Depois foi para a pista a passos rápidos. Tinha certeza de que não haveria ninguém ali àquela hora e que poderia fazer o seu aquecimento, com toda calma, antes que Marcelo chegasse.

Ficou espantadíssima ao vê-lo ali, fazendo uns exercícios de alongamento num banco de madeira.

– O que está fazendo aqui tão cedo? – perguntou ela. – Não tínhamos marcado às sete?

– Pergunto o mesmo. Será que está querendo treinar às escondidas para ver se ganha de mim?

– Não consegui dormir, então resolvi vir mais cedo.

– Foi exatamente o que aconteceu comigo. Ando meio nervoso nesses últimos dias – disse o rapaz, com voz sonhadora.

Irene achou que ele ia fazer mais um daqueles discursos, dizendo como a sua Brenda era linda, inteligente, divertida. Mas hoje não ia aguentar aquilo.

– Então é melhor começarmos de uma vez, não acha? Mas vamos devagar, não estou em muito boa forma.

Estava mentindo porque não queria que Marcelo se esforçasse demais e desmaiasse, ou até coisa pior.

– OK, vamos começar aos poucos.

Saíram trotando em direção ao pequeno bosque que levava ao penhasco.

Logo, logo Irene estava se sentindo melhor. A neblina da manhã começava a se dissipar e tudo parecia indicar que ia ser um daqueles raros dias de dezembro com sol. A brisa do mar soprava mansa, trazendo consigo lembranças salgadas que grudavam na pele, misturando-se ao suor.

Sentiu o sangue circulando em cada canto do corpo. Concentrou-se naquele formigamento benéfico e no som das pisadas fortes de Marcelo para esquecer as próprias tristezas.

Embora todo o restante tivesse desmoronado, embora continuasse a meter os pés pelas mãos com os rapazes, ninguém podia lhe tirar aquela sensação: a alegria absurda e irracional de correr ao lado de um amigo, desfrutando do silêncio e da natureza que despertava. Naquele instante, sentiu que compartilhava alguma coisa muito importante com Marcelo, um indivíduo puro, sem cantos sombrios, alguém que a compreendia e a aceitava exatamente como ela era.

Virou-se para ver como estava o seu coelho. Estremeceu ao se lembrar do acidente que ele tinha sofrido poucos dias atrás e de como ficou angustiada até ter certeza de sua recuperação. Sorriu ao ver o ar concentrado do rapaz. Conhecia muito bem aquela expressão, e não se espantou quando ele anunciou uma mudança de ritmo.

– Pare de fingir que não pode ir mais depressa, Irene. Estou bem, vamos treinar de verdade. Já sabe como funciona: vou na frente e você tenta me alcançar.

– Está bem, mas prometa que, se sentir alguma coisa, vai parar.

– Estou ótimo, mamãe – retrucou ele, com ironia. – Ande. Concentre-se e respire do jeito que ensinei. Até logo! – gritou, afastando-se com passadas largas.

Irene apertou o passo, empolgadíssima, desejando obter o máximo dos seus músculos. Desde o acidente não vinha treinando regularmente, e sentia o corpo lhe pedir que acelerasse.

O caminho se estreitou já próximo do penhasco. A moça teve vontade de abrir os braços, como se fosse voar, para roçar com a ponta dos dedos o tronco das árvores. A distância entre Marcelo e ela diminuía irremediavelmente. Já imaginava as gozações que faria quando o alcançasse... De repente, ouviu passos às suas costas.

Uma rajada de vento agitou o seu cabelo quando uma menina a ultrapassou, deixando atrás de si um perfume de baunilha.

Parecia uma aparição. Uma espécie de fada do bosque, ou uma valquíria loura, altíssima e esbelta. Tinha o cabelo liso preso num rabo de cavalo, que balançava para um lado e para outro, ao ritmo de suas passadas elegantes. Irene ergueu a mão para cumprimentá-la, como fazem todos os corredores do mundo, em sinal de cortesia, mas a moça passou como uma flecha, e seguia na direção de Marcelo.

Pouco depois, viu que seu amigo parou bruscamente e ouviu gritos. Pensando que tivesse acontecido alguma coisa, Irene correu com todas as suas forças.

Deu com ele abraçado com aquela linda loura, que ria sem parar, despenteando o cabelo do rapaz, com toda familiaridade.

– Marcy, Marcy, Marcy! – repetia, como se Marcelo fosse a oitava maravilha do mundo e ela uma intrépida exploradora que o tivesse resgatado das garras de um contrabandista ambicioso.

– Brenda! Quando você chegou? Devia ter me avisado.

– Cheguei ontem no meio da noite. Armei minha barraca numa clareira do bosque. Pretendia acordá-lo daqui a pouco, quando acabasse de treinar.

Parada ali, constrangida, Irene passou o peso do corpo de uma perna para a outra. Sentia-se uma intrusa, sobrando naquele encontro tão esperado. Marcelo nem a olhava, absorto na felicidade de voltar a ver a sua querida B. Fez uma cara de desagrado, e então Brenda se apresentou:

– Você deve ser Irene, não é? Marcelo me falou muito de você – disse-lhe Brenda, estendendo-lhe a mão.

Assim, mais de perto, pôde ver, com inveja, que a australiana tinha quase meio metro mais que ela. Mas não era só isso: tinha também uma daquelas peles perfeitas, com as faces rosadas e poros invisíveis.

– E você deve ser Brenda – replicou Irene, apertando a mão que a outra lhe estendia.

Logo, logo, porém, a recém-chegada a esqueceu e voltou a se concentrar em Marcelo. Ou Marcy, como ela preferia chamá-lo.

"Apelidozinho ridículo", pensou Irene, furiosa, ouvindo-a tagarelar. Até a voz e o sotaque da moça eram irritantemente encantadores, parecendo o arrulhar de uma pomba.

Por que Brenda tinha que aparecer justamente naquela manhã? Poucos minutos antes, Irene vivera com Marcelo um momento único, belo, perfeito. Um verdadeiro oásis em meio a tantas tempestades sentimentais. Mas agora aqueles bons presságios tinham se desvanecido com a chegada da Miss Austrália e seu cheiro de biscoitos saídos do forno.

"Ela nem sua!", pensou Irene, indignada.

Marcelo propôs que os três fossem tomar o café da manhã, mas Irene se desculpou, dizendo que tinha combinado com Martha. Não estava com a menor disposição para suportar os dois pombinhos.

No caminho de volta, teve de aguentar as perguntas gentis de Brenda, que agora se esforçava para incluí-la na conversa:

– Você é espanhola, não é? Uma das minhas melhores amigas nasceu em Sevilha e emigrou com os pais para a Austrália quando era bem pequena. Ensinou-me a dizer umas palavras. Parece uma língua muito divertida, como os espanhóis – disse com um sorriso que revelou uns dentes imaculados e perfeitamente alinhados.

– Isso é o máximo – respondeu Irene, sem poder evitar retribuir o sorriso.

O que aquela menina tinha que a tornava irresistível?

– Armei minha barraca perto do seu alojamento, no bosquezinho ali ao lado. Vou passar para vê-la, se não se importa. Quem sabe não podemos tomar um chá? Na Austrália também existe esse costume, mas nunca fiz isso num internato inglês. Com certeza o seu quarto é lindo – prosseguiu, gesticulando enquanto falava.

– Na verdade, é um quarto bem pequeno, que eu divido com uma amiga. Ela, sim, é inglesa.

– Ótimo! Assim poderei conhecê-la também.

Irene adoraria possuir um décimo da confiança de Brenda. Era admirável!

– Bom, chegamos. Nos vemos mais tarde, Irene. Aluguei um carro e quero dar umas voltas pelos arredores do colégio. Espero que venha conosco.

– Ando meio ocupada esses dias e... – principiou Irene.

– Marcy, você me mostra o colégio antes que as aulas comecem? – perguntou Brenda, dirigindo-se a Marcelo, com sua voz mais sedutora e voltando a ignorar Irene.

A espanhola seguiu para o dormitório, não sem antes notar o olhar de admiração que o rapaz dedicava à *aussie*.* Andava cabisbaixa e emburrada, com a cabeça cheia de ideias negativas e o coração repleto de presságios sombrios.

Ao chegar no quarto, tropeçou em alguma coisa diante da porta. Era um pacotinho quadrado, embrulhado em papel celofane azul, com um envelope grampeado. O papel estalou quando ela desfez o embrulho.

Surpreendeu-se ao ver um CD com a mesma capa que tinha admirado no pôster que vira na véspera. A foto dos dois músicos sentados na banqueta de um piano. Com ansiedade, abriu

---

* Termo coloquial para australiana.

o envelope que acompanhava o disco. Não havia dúvida sobre quem havia mandado aquele presente.

Gosto de você, Irene. Você é muito importante para mim. Tanto que já se tornou imprescindível em minha vida. Como ela seria chata sem as quartas-feiras ao seu lado! Nunca poderemos ser um casal, mas você mesma disse que existem outras formas de amor mais profundas e duradouras, como a de Armstrong e Ellington, cujos corações batiam em uníssono para a felicidade do mundo.
DO SEU AMIGO BREGA, QUE PASSOU A NOITE EM CLARO.

Lágrimas lhe brotaram dos olhos e caíram sobre o cartão, borrando aquelas linhas que Peter tinha lhe dedicado.

32. Gaivotas e coalas

A sexta-feira começou mal. Irene se levantou cedo e foi correr com Marcelo debaixo de uma chuva gelada. Felizmente, Brenda não ia acompanhá-los naquela manhã, pois ainda não tinha se recuperado da viagem nem se acostumado com a diferença de fuso horário.

Irene ficou feliz por poder recobrar a intimidade com seu amigo, apesar de não ter sido propriamente divertido o tempo que passaram juntos. Ela tinha se preparado para uma nova enxurrada de elogios exagerados para Brenda, mas, em vez disso, encontrou um Marcelo estranhamente silencioso e ausente, que sorria feito um bobo e fitava o infinito com olhos sonhadores.

Ao vê-lo naquele estado de atordoamento, Irene começou a se preocupar de verdade. Brenda teria sugado todo o cérebro dele? Nem pelo treino ele parecia interessado!

– Não vai falar nada hoje? Foi você quem me ensinou que é preciso falar enquanto se corre, lembra? – disse ela, irritada.

– Desculpe-me, estava com a cabeça longe daqui.

– Isso é óbvio. Marcelo, a competição vai ser daqui a dez dias e, do jeito que estamos, vou ficar nas últimas colocações. Perdi toda a vantagem que tinha depois da parada por causa do seu acidente e... de tudo o mais – acrescentou, escondendo seus sentimentos com aqueles argumentos esportivos.

Na verdade, a corrida era o que menos importava para ela.

– Estava pensando exatamente nisso. Ontem falei com Brenda que estou preocupado porque não vou poder treinar com você durante os próximos dias. Sabe que os professores me deram uma prorrogação por causa do acidente. Vou fazer as provas depois de todo mundo, mas tenho que aproveitar minhas horas livres se quiser passar em alguma matéria antes do Natal. A primeira prova vai ser daqui a três dias.

– Meu Deus, não tinha me tocado!

– Mas não precisa se preocupar. Brenda teve uma ideia fantástica para evitar que você quebre sua rotina. Ofereceu-se para ser sua treinadora! Não é genial? Ela é um ano mais velha que eu e, no colégio, era a melhor atleta na equipe feminina. Vai ser um privilégio treinar com ela. Tenho certeza de que será uma treinadora muito melhor que eu.

Irene ficou arrasada. Aquilo era o cúmulo da humilhação. Como poderia competir com aquela maravilha, que punha todo mundo a seus pés? A australiana era insultantemente bonita, elegante, divertida, rápida e, como era de se esperar, a melhor em tudo. Como se não bastasse, agora *ela* tinha que se sentir agradecida porque a outra se dignou a ajudá-la.

Não disse nada a Marcelo, mas tinha decidido fazer tudo que pudesse para evitá-la. Era óbvio que ela viera à Cornualha para reconquistá-lo a todo custo, e, se tinha se oferecido para ajudar com os treinos, era só para ganhar mais alguns pontos com Marcelo.

No entanto, ao chegar ao quarto, se deu conta de que ignorar Brenda não ia ser tão fácil. Encontrou um envelope branco pregado na porta com um pedaço de durex. Ali dentro havia um bilhete escrito com uma letra bem legível e elegante:

Queridíssima Irene,
Marcelo contou a minha maravilhosa ideia de ontem? Estou emocionada por poder ajudá-la com isso. Marcy me disse que você é muito rápida e que só precisa de um bom incentivo para se destacar na corrida. Juntas, vamos conseguir isso, você vai ver só. Mas antes disso espero que fique feliz em saber que marquei um jantarzinho para nós três hoje à noite no pitoresco pub *de vocês. Morro de vontade de conhecê-lo. Vamos passar para pegá-la às seis. Você não pode deixar de ir!*
Brenda

Irene entrou no quarto batendo a porta, com o bilhete que tinha acabado de amassar nas mãos. O pior de tudo, pensou, é que a *aussie* era tão amável com ela que ficava difícil odiá-la.

Tomou uma chuveirada rápida e foi para a aula para não pensar na garota por um tempo.

Depois de história, tinha aula de gramática naquela manhã. Peter entrou na sala muito sério e com ar distante. Irene pensou que não era de se estranhar que os alunos do Saint Roberts o chamassem de Byron. Ele parecia estar voltando de uma viagem no tempo, vindo do século XIX só para dar aula.

Um vislumbre fugaz iluminou o rosto do professor quando ele viu Irene sentada no lugar de sempre. Ela correspondeu com uma ligeira inclinação de cabeça, quase imperceptível.

A aula transcorreu como sempre. Irene tratou de prestar atenção, mas era muito difícil escutar Peter falar sobre conjunções e pronomes relativos sem pensar nos últimos acontecimentos que tinham vivido juntos. Lembrou-se com nostalgia de outra aula de umas semanas atrás. No fim, havia reclamado com Martha que seus olhos estavam ardendo muitíssimo.

– Não é de estranhar que tenham ficado secos. – Foi o que lhe respondeu sua amiga. – Você nem pisca para ficar olhando o Byron o tempo todo! Não perde nem um dos seus movimentos!

Quando o sinal tocou e os alunos começaram a sair atropeladamente da sala, Peter pediu que ela fosse até a sua mesa.

– Irene – principiou, com ansiedade.

– Sim, Peter? – disse ela.

– Fiquei muito feliz por você ter vindo à aula.

– Não tinha nada melhor para fazer hoje de manhã – brincou Irene. – Além disso, se eu tivesse faltado, você teria que me tirar um ponto.

– Você está... Está bem? – perguntou ele por precaução.

– Estou, sim. Obrigada pelo presente e pelo cartão – disse, tratando de conter a emoção. – Acho que sempre que escutar esse disco vou me lembrar de você.

– Para mim também vai ser diferente a partir de agora. Será algo como a trilha sonora da nossa amizade.

– Também tenho algo para dar a você – anunciou ela, enquanto tirava um envelope grande de sua pasta das aulas de arte.

Peter o abriu, intrigado, e deu um sorriso quando viu do que se tratava. Irene tinha lhe dado de presente uma reprodução de *O viajante sobre o mar de névoa*.

– Vou mandar emoldurar e o pendurarei no meu escritório. Esse foi um presente muito especial para mim. Muito obrigado, Irene.

Disse essas últimas palavras em voz baixa. Estava nitidamente comovido. Depois de pigarrear, pareceu se recompor e se dirigiu a ela novamente, estendendo-lhe a mão para pegar a dela:

– Amigos, então? Nos vemos na segunda, antes do Natal?

– Amigos – disse Irene, que não conseguiu resistir ao impulso de surpreendê-lo esquivando-se do aperto de mãos e dando-lhe dois beijos nas bochechas. – No meu país, os amigos se cumprimentam assim – acrescentou, piscando.

Depois, despediu-se dando adeus com um aceno de mão.

Ao chegar a seu quarto, com o coração acelerado pelos acontecimentos da manhã, encontrou Martha em plena "operação saída". Era assim que chamava as horas que a inglesa gastava se vestindo e se preparando quando tinha um encontro especial.

– Que bagunça você fez com as roupas. Com quem vai sair dessa vez?

Martha se aproximou dela com uns saltinhos, segurou suas mãos e, olhando-a nos olhos louca de felicidade, disse:

– Com Josh! Finalmente nos acertamos. E foi tão romântico...! – exclamou Martha. – Ele vai me levar ao cineclube para ver um filme de amor.

– Qual?

– *As duas inglesas e o amor*. É de um diretor francês ou algo do gênero. Não é chique?

Irene sorriu para Martha e confirmou com um gesto de cabeça, mas sem dizer nada para não estragar a diversão da amiga. Ela estava radiante de felicidade, de um jeito que não a via há muitos dias. Desejou de verdade que Josh fosse legal com ela e que aquela história durasse por muito tempo.

Tinha um bom tempo ainda até a hora de seu encontro com Brenda e Marcelo, então se deitou na cama para ler *O amor nos tempos do cólera*, de Gabriel García Márquez. Era o último livro da gramática do amor, e estava animada que o curso terminasse com um romance escrito originalmente em espanhol.

A história começava com uma morte, a do melhor amigo do protagonista do romance, o doutor Juvenal Urbino, marido de

Fermina Daza. O livro de Gabriel García Márquez conta a trajetória do casal e de Florentino Ariza, o pomo da discórdia, que é apaixonado por Fermina desde a juventude e espera para ficar com ela a vida toda, até os dois ficarem velhos.

Desde o início, a linguagem do autor deixou Irene fascinada. Sentia que podia cheirar suas metáforas e apalpar seus adjetivos. O ganhador do prêmio Nobel escrevia com frases longas e cadenciadas, cheias de poesia. Suas palavras se emaranhavam em seu coração como trepadeiras exuberantes se enredando num troco de árvore até se fundir a ele.

O doutor Juvenal Urbino explicava no primeiro capítulo que os amores contrariados cheiram a amêndoas amargas, já que é esse o rastro que deixam as emanações de cianureto do corpo de uma pessoa que se suicida por amor. Ao que parece, entre os amantes não correspondidos esse foi um método bastante popular de deixar este mundo.

A expressão "amores contrariados" chamou a atenção de Irene, que a anotou em seu caderno para utilizá-la no trabalho que faria sobre o livro. Seria possível viver um amor livre de qualquer dificuldade? A julgar por suas experiências no Saint Roberts, a própria essência do amor era a contrariedade, todos os obstáculos que iam aparecendo no caminho. Começou a divagar, afastando-se da leitura, incapaz de se concentrar.

Martha finalmente acabou de se arrumar e foi embora dando um alegre *ciao-ciao*.

Não tinha se passado nem um minuto quando bateram à porta. Irene foi abrir, com ar chateado, e deu de cara com Brenda, que vinha apressá-la porque não queria chegar tarde ao jantar.

Irene a tranquilizou, dizendo que no Dog & Bone sempre havia lugar. Alertou a australiana para que não tivesse muito expectativa com relação à comida ou aos frequentadores do *pub*. Com aquele seu andar elegante, Brenda a levou até o carro, um BMW vermelho alugado, e abriu a porta de trás. Marcelo já estava sentado ao lado dela, no banco do carona.

Quando o carro começou a andar, vendo-os assim de costas, Irene pensou com amargura que aqueles dois eram a perfeita imagem da beleza e da felicidade.

Brenda estava usando um lindo vestido de tricô bege, que destacava o bronzeado de sua pele. Estava de cabelo solto e não parecia maquiada, embora os seus olhos e as suas faces brilhassem como pedras preciosas. E Marcelo... Onde foram parar o seu eterno agasalho e os seus tênis tão familiares?

Deve ter levado muito a sério o comentário da australiana sobre suas roupas. Na véspera, ela tinha dito, meio em tom de brincadeira, que ele parecia um fazendeiro. Estava vestido de um jeito elegante, bem diferente do seu estilo habitual: jeans de marca e camisa de algodão rosa-claro, de uma tonalidade bem diferente. Era evidente que o rapaz tinha gastado bastante dinheiro com aquelas roupas.

Brenda dirigia a toda, fazendo cada curva com uma segurança espantosa, como se conhecesse a estrada desde sempre.

Logo estavam sentados no Dog & Bone, tendo à sua frente o indefectível copo de *real ale*.

– O que é essa beberagem? – perguntou Brenda ao proprietário, de um jeito tão encantador que o sr. Ward levou aquela grosseria na brincadeira.

Ali no vilarejo nenhum forasteiro ousava se meter com a *real ale*, mas, apesar de tudo, ele lhe explicou com um largo sorriso qual era a origem da bebida típica da região. Marcelo a fitava com orgulho.

— Isso tudo é uma graça – disse Brenda quando Ward se afastou, deixando na mesa o cardápio do *pub*. – Na Austrália não existem lugares como este.

— E como vocês se divertem lá onde você mora? – perguntou Irene.

— Bom, não há muitas opções na minha cidade, além do surfe, dos garotos e das festas na praia. Se não fosse pelo clima e pela natureza, que na Austrália é bem mais selvagem, diria que a Cornualha não é diferente de lá. E os garotos daqui são tão bonitos quanto os australianos! – acrescentou, brincando, e dando uma olhada significativa para Marcelo.

— Os seus coalas não sobreviveriam na Cornualha. Com certeza as gaivotas iam comê-los.

Pela primeira vez Irene se mostrou impertinente. Já estava cheia daquela garota besta que achava que sabia tudo da vida. Marcelo levantou uma sobrancelha ao ouvir o seu comentário.

— Ah, você devia ver um deles de perto algum dia – retrucou Brenda. – São uns bichinhos lindos. Sabia que eles sobem numas árvores que em algumas regiões chegam quase à beira do mar? Parece até que querem tocá-lo com seus dedinhos.

Irene desistiu, porque era óbvio que a australiana não era páreo para ela. "OK, lourinha, você venceu", disse consigo mesma, entregando os pontos. Dali em diante se abstraiu da conversa, procurando não prestar atenção nos comentários graciosos de Brenda nem nas réplicas atentas de Marcelo. Sentia-se sobrando naquela maldita reunião. E o seu amigo, se é que podia chamá-lo assim, parecia nem se importar, embora a australiana lhe desse umas olhadelas de vez em quando como se avaliasse os seus sentimentos.

A noite terminou logo, porque o ânimo sombrio de Irene acabou desanimando os outros dois e estragou a festa da australiana, que tinha planejado ficar ali até a hora do caraoquê.

Irene pediu que a levassem para casa o quanto antes, alegando uma forte dor de cabeça.

No caminho de volta, apesar de sua insistência dizendo que não era necessário, puseram-na no banco do carona. Brenda se dedicou a lhe fazer mil e uma perguntas sobre a sua vida em Barcelona, seus pais, seus amigos, os livros de que gostava, seu lugar favorito para férias...

No fim, Irene estava confusa e mal-humorada. Perguntava-se por que diabo aquela desconhecida tinha tanto interesse pela sua vida. Para que queria saber a idade dos seus pais ou se tinha primos ou irmãos? Será que a considerava uma rival e queria obter toda informação possível para enfrentá-la?

Logo, porém, afastou essa ideia ao considerá-la absurda, já que era óbvio que não havia competição possível com Brenda.

Quando chegou ao seu quarto, viu que Martha ainda não tinha voltado. No fundo, ficou contente ao ver que ao menos uma das duas estava tendo uma noite agradável.

33. Contas a acertar

Acordou com os olhos inchados e uma dor de cabeça fortíssima e latejante. Procurando um analgésico na mesinha de cabeceira de Martha, protegeu os olhos com uma das mãos por causa da luz. Desanimada, pensou que uma enxaqueca era a pior maneira de começar o fim de semana antes do Natal.

Não encontrou nenhum comprimido entre as coisas da amiga. Foi até o banheiro perguntar-lhe se ela teria alguma na bolsa, mas a inglesa não estava lá.

Como a cama estava desfeita, deduziu que Martha tinha saído do quarto sem acordá-la. Olhou para o relógio e viu que passava das onze. Estava explicado o seu mal-estar: tinha dormido demais. Mas também podia ser que ela própria tivesse conjurado aquela dor na véspera, quando a inventou para se livrar de Brenda e Marcelo.

Fosse como fosse, a enxaqueca estava insuportável e Irene não conseguia nem pensar.

Enfiou a roupa de corrida, não porque tivesse intenção de treinar, mas porque foi a primeira que encontrou. Saiu então para ir ao ambulatório, à procura da enfermeira Swan.

Atravessou a pracinha quase sem olhar. Quando estava bem perto do edifício principal, ouviu uma barulheira danada: muitos gritos, alguns risos e umas pancadas fortes.

Dois alunos passaram ao seu lado correndo, dirigindo-se apressados ao local de onde parecia vir aquele tumulto. Irene decidiu se afastar, porque a dor era mais forte que a curiosidade de saber o que estava acontecendo. Foi então que apareceu Heather, que a pegou pelo braço e a arrastou de volta para a tal pracinha, junto do lago das carpas mutantes.

– Estão brigando! – gritou, alvoroçada. – Vamos ver o que está acontecendo. Pelo visto está uma confusão danada!

Irene não tinha a menor vontade de assistir a esse espetáculo. Uma briga seria com certeza barulhenta, e se havia alguma coisa que não queria na cabeça naquele momento era barulho. Mas não teve forças para se opor ao entusiasmo avassalador de Heather, já que o simples fato de falar exigia dela um esforço sobre-humano.

A loura a empurrou para o meio da confusão e ali, entre os seus colegas de turma, que gesticulavam e incitavam os brigões, ela os viu. Era Josh! Do alto do seu um metro e noventa de altura, o rapaz tinha o rosto lívido e uma expressão de raiva animalesca, que deixaria qualquer um apavorado. E era assim que estavam os dois garotos contra quem ele brigava: inteiramente aterrorizados.

Um deles, que Irene reconheceu como sendo o cabeça da dupla que tentou abusar de Martha, acabava de cair no chão, depois de levar um terrível soco no queixo. Seu companheiro de farras, o mais baixinho, tinha um corte numa das sobrancelhas, de onde jorrava sangue. Ele estava em pé, ao lado do tanque. Tinha as pernas trêmulas e, pela expressão do seu rosto, era evidente que se debatia entre o impulso de fugir e o desejo de manter a honra diante de todo o colégio.

Afinal, venceu o instinto de sobrevivência e ele disparou a correr, como o diabo foge da cruz. O grupo de alunos que assistia à briga como se fosse um espetáculo esportivo caiu na gargalhada; ouviram-se assobios e gritos de "covarde" e "cagão". Josh parecia alheio àquele público.

Estava ocupado demais atacando novamente o outro garoto, que se levantara do chão a duras penas e avançava em sua direção com os punhos erguidos. Com a maior tranquilidade, o bibliotecário se esquivou de cada um daqueles golpes desesperados, o encurralou e acabou levantando-o pelos ombros como se ele fosse um boneco de pano. E finalmente o atirou no tanque gelado.

Ouviu-se um barulho, como se uma pedra ou um tronco muito pesado tivesse caído dentro da água.

– Se fizer de novo alguma coisa parecida, vou atirá-lo no mar, e não num tanque inofensivo. Entendeu?

O garoto assentiu, encharcado, paralisado, humilhado. O público aplaudiu com entusiasmo. Ninguém sabia qual era o acerto de contas entre o bibliotecário e aqueles dois garotos, mas todos tinham adorado começar a manhã de sábado com aquele choque de fortes emoções. Irene estava boquiaberta, mas logo juntou uma coisa à outra quanto viu Martha num canto do pátio. A inglesa ergueu a mão, cumprimentando-a com um gesto, e lhe deu uma piscadela e um sorriso cúmplice.

Irene sentiu mais uma vez as têmporas latejando e se apressou a tomar o caminho do ambulatório. Mas, naquela manhã, tudo parecia tramar para que ela não chegasse nunca a seu destino.

– Aí está você! Faz mais de uma hora que estou esperando lá na pista – disse Brenda, que se materializou na sua frente, como um anjo louro, usando uma roupa esportiva caríssima e tênis de alta tecnologia.

– Desculpe-me, esqueci que tínhamos marcado. É que não estou muito bem. Continuo com dor de cabeça e... – disse Irene, desculpando-se, ofegante pelo esforço feito para falar.

– Para enxaqueca, uma boa corrida é um santo remédio.

Dito isso, segurou a outra pelo braço e pegou um analgésico e uma garrafa de água da sua sacola.

– Não posso correr assim, Brenda, preciso descansar um pouco.

– Ei, deixe ela em paz. Não vê que está pálida?

Heather a tinha segurado pelo outro braço e olhava a australiana com cara de poucos amigos.

– Vai passar logo, logo. O remédio que acabo de lhe dar é muito forte. Antes mesmo de chegarmos à pista ela já estará muito melhor.

– Já disse para deixá-la. Quem você pensa que é para vir até aqui e ficar mandando nos outros?

Heather puxava o seu braço esquerdo, enquanto Brenda a fitava com obstinação, sempre segurando firme o seu braço direito.

"Ah, não", pensou Irene. Já tinha visto brigas suficientes naquela manhã. Brenda era uma garota muito educada, mas Heather era impulsiva, e nunca se sabia que reação ela podia ter.

– Chega, meninas! – protestou ela, desvencilhando-se de ambas. – Brenda não está mandando em mim, Heather. Fui eu que insisti em treinar ao máximo nos poucos dias que faltam para a competição. Ela só está querendo ajudar. Vamos até a pista e, se eu estiver melhor quando chegarmos lá, podemos treinar.

Heather ficou para trás, resmungando alguma coisa sobre a Austrália e as colônias inglesas, enquanto Irene se afastava com Brenda, que andava como se estivesse flutuando, com aquelas passadas largas e elegantes.

O incidente não chegou a perturbá-la, e, até chegarem à pista, a moça não parou de falar e de agradecer por tê-la defendido.

Irene adoraria que ela se calasse, mas, quando chegaram ao centro de treinamento, percebeu que a cabeça já doía um pouco menos.

– E aí? Melhorou? – perguntou a australiana, com sincero interesse.

– Melhorei, você tinha razão.

Era impossível resistir à aura mágica daquela garota.

– Amanhã vou acampar na península de Lizard. Que tal vir também? Vai ser divertido.

– Estou um pouco ocupada, Brenda. É melhor convidar Marcelo – recusou, na defensiva.

– Ele também vai.

– Então vocês não precisam de mim para nada – replicou Irene, desolada. – Vamos começar? Já estou ótima – acrescentou, mentindo.

Brenda se afastou com uma sacudidela indiferente do seu rabo de cavalo. Irene ainda estava um tanto atordoada, mas começou a correr como pôde atrás dela. O ar gelado da manhã ajudou a aliviar um pouco mais a dor em sua cabeça.

A loura acelerava como um cervo, mas Irene não estava disposta a deixar que ela ganhasse sem lutar. Aquele treino passou a ser uma questão pessoal. Achou que se conseguisse alcançá-la superaria seus sentimentos de inferioridade com relação àquela beleza vinda do outro lado do mundo.

Ao acelerar, percebeu que seu coração pulsava com força, para se adaptar ao esforço súbito. Como não teve tempo de prender o cabelo, algumas mechas soltas começaram a entrar nos seus olhos. Não tardaram a incomodar pra valer, pois ficaram úmidos por causa do suor e do forte vento que soprava do mar. Irene se distraiu algumas vezes tentando ajeitá-las com as mãos, pondo-as para trás das orelhas.

Apesar de tudo, conseguiu manter uma distância regular do seu coelho, que brincava e saltitava, como se aquela corrida não lhe custasse nenhum esforço. Já Irene não se sentia nada à vontade naquela manhã, chegava até a sentir a barra da calça roçando nos tornozelos, e sua cabeça ressoava como um tambor cada vez que seus pés tocavam o chão, mas resistiu e, aos poucos, foi se aproximando de Brenda.

A australiana se virou, olhou o cronômetro e avisou que aquela era a última volta. Também lembrou que ela devia respirar pelo nariz.

Irene não lhe deu bola e decidiu dar tudo nos poucos metros que faltavam. Correu loucamente, como se daquilo dependesse a sua vida, sentindo que os pulmões iam estourar e que o coração estava quase lhe saindo pela boca.

De repente, começou a ver as arquibancadas como umas linhas cinzentas e difusas, que passavam a toda a seu lado. Parecia até que eram elas que se moviam, enquanto seu corpo tinha parado na metade da pista. Suas têmporas latejavam e percebeu, por um segundo, que ia alcançar Brenda. Esta gritou alguma coisa.

O que viu a seguir foi uma nuvem turva e, depois, tudo ficou preto.

Despertou minutos depois, cercada pelos rostos preocupados de sua treinadora e do professor de educação física, que passava por ali e viu quando ela desmaiou.

– A sua sorte foi essa moça estar aqui, caso contrário teria levado uma bela pancada na cabeça – disse o professor, aproximando de seu rosto uma garrafa de água.

Irene respirou fundo, ainda desnorteada, tentando se levantar, ajudada por Brenda, que estava nitidamente preocupada.

– Não precisava ter feito tanto esforço. Por que correu assim?

– Tinha que ganhar de você em alguma coisa.

34. A CAIXA DOS SEGREDOS

Fazia horas que Irene estava lendo, sem parar, *O amor nos tempos do cólera*. Como a aula com Peter tinha sido adiantada para segunda-feira por causa das férias, precisava se apressar para redigir um trabalho decente naquela mesma noite.

Estava tão concentrada que por vezes perdia a noção do tempo e até da realidade. Tinha a impressão de que a chuva gelada que desenhava listras finas na janela do seu quarto era o prelúdio de uma tempestade tropical. Quase esperava ver os céus se abrirem para despejar uma cortina de água espessa e rápida, como se estivesse em pleno Caribe e não no meio de uma escura tarde de domingo na Cornualha.

O efeito das palavras de García Márquez era poderosíssimo. Desde a primeira linha havia cativado Irene, que até então nunca tinha lido prosa tão colorida, mágica e sensual. Alguns trechos do romance deixavam-na um pouco aflita, como a cena em que Florentino Ariza se embriaga de amor, comendo as gardênias frescas do canteiro de sua mãe e bebendo litros de água de colônia para se apropriar do sabor de sua amada, Fermina Daza, e transpirá-lo por todos os poros.

Mais adiante, relembrou aquele capítulo perturbador do início do livro, quando, continuando sua leitura febril, verificou que, cinquenta anos depois, Florentino volta a escrever uma carta e Fermina julga perceber no papel, agora tão enrugado quanto seus rostos, um leve aroma de gardênias.

Estava sublinhando aquele genial recurso literário quando sentiu uma vibração no bolso. Acabava de chegar uma mensagem no seu celular:

> [Como está indo com o comedor de gardênias
> e os amores contrariados?]

Sorriu ao ler o torpedo de Marcelo. Brenda devia ter lhe dito que ela não ia acampar com os dois porque estava ocupada lendo o romance do ganhador do prêmio Nobel. Não estranhou que ele conhecesse bem dois dos *leitmotivs* da obra, já que aquele volume, como todos os da gramática do amor, estava cheinho de anotações suas.

Ele também tinha ficado impressionado com o trecho em que Florentino come as flores do quintal, pois o sublinhou com vários traços, junto com outras excentricidades do personagem. Irene respondeu teclando com uma mão só, enquanto continuava a segurar o romance com a outra:

> [Não tão bem quanto você deve estar com a Senhorita Perfeita.
> Como está o tempo aí em Lizard?]

A resposta de Marcelo não se fez esperar:

> [Não sei por que não estou lá.
> Fiquei aqui para estudar.
> Mas não estou conseguindo me concentrar.
> Um pequeno tédio de domingo...]

Irene ficou feliz ao descobrir que Brenda afinal tinha viajado sozinha. Decidiu que já era hora de esclarecer aquela história das anotações, assunto que tinha ficado de lado por causa da visita surpresa da australiana. E mais que depressa lhe mandou uma mensagem:

> [Pois então vamos nos entediar juntos.
> Sou uma verdadeira especialista.
> Passo aí em menos de dez minutos.]

Escovou o cabelo com cuidado, porque ele andava horrível por causa da umidade. Pegou o romance, um casaco bem grosso e impermeável e saiu correndo debaixo da chuva.

Marcelo esperava por ela em seu quarto, com chá recém-preparado e umas torradas de pão de gengibre. Irene se sentou à mesa diante dele e decidiu que não ia fazer rodeios. Tirou o livro da mochila encharcada e o depositou com cuidado em cima do tapete.

– Você conhece este livro, não é?

– Claro, o do comedor de flores. Impossível esquecê-lo – respondeu Marcelo, com um sorriso cauteloso.

– Estou querendo dizer que você o conhece muito bem. A ponto de sublinhar vários textos e encher as páginas de anotações pessoais. Como esta.

Abriu o livro ao acaso e leu em voz alta um fragmento que Marcelo havia assinalado e o comentário que ele tinha escrito na margem:

Queria ser ela mesma outra vez, recuperar tudo que precisara ceder em meio século de uma servidão que a fizera feliz, sem dúvida, mas que, uma vez morto o marido, não lhe deixou sequer vestígios da própria identidade. Era um fantasma numa casa estranha que, de um dia para outro, tornara-se imensa e solitária, e na qual vagava à deriva, perguntando-se angustiada quem estaria mais morto: o que havia morrido ou a que havia ficado.

PERDER O AMOR É COMO
MORRER EM VIDA.
PERGUNTO-ME SE B.
VAI SENTIR SAUDADE DE MIM,
SE SENTIRÁ MINHA FALTA.

Marcelo segurou o livro, acariciando a lombada como se acabasse de reencontrar um velho amigo perdido, mas ficou absolutamente calado.

– Faz muito tempo que você escreveu isso? – perguntou Irene, disposta a desvendar aquele mistério de qualquer jeito.

– Faz uns dois anos.

– E foi nessa época que você leu também Murakami, Jane Austen, Tolstói e os outros?

– Foi. Com Byron – acrescentou, depois de uma pausa.

– Por que não me disse nada?

– Não é uma época que eu goste muito de lembrar. E achei que, se Hugues estava ajudando você como fez comigo, quando voltei da Austrália com o coração aos pedaços, era melhor deixá-la em paz. Além do mais, você sempre se escondia de mim para ler.

– E agora deve estar bem contente – disse Irene, sondando-o.

– Não entendi – retrucou Marcelo, confuso. – Do que você está falando?

– Ora, finalmente você recuperou a sua querida B. Quer dizer, Brenda – respondeu Irene, com amargura. – Foram dois anos, mas agora ela está aqui, disposta a reconquistá-lo. Você não vai mais precisar ler livros para esquecê-la, nem escrever anotações desesperadas para se consolar – acrescentou ela, magoada.

Marcelo manteve um silêncio obstinado. Seu rosto revelava intensa concentração, como se estivesse enfrentando um terrível dilema e não soubesse nem de longe como resolvê-lo.

Mas Irene não estava disposta a deixá-lo escapar.

– Responda de uma vez. B. das suas anotações é Brenda?

Marcelo soltou um profundo suspiro antes de responder:

– A garota das anotações era Bridget. Já lhe contei essa história, que está mais que superada graças às aulas de gramática do amor que Byron me deu, exatamente como fez agora com você.

– Então o que ela está fazendo na Cornualha? O que há entre vocês, Marcelo?

– Não é nada do que você está imaginando, Irene...

– Como não? – retrucou, furiosa. – É impossível que vocês sejam apenas bons amigos, já que ela percorreu mais de dez mil quilômetros para vir vê-lo neste lugar perdido. Não foi passar as férias em Berlim, em Paris ou na Grécia... Escolheu esse miserável pedacinho de terra castigado pela chuva e pelo vento, onde não há nada de interessante para se ver!

Marcelo se calou, inteiramente ruborizado, o que acabou por convencer Irene de que ele estava lhe escondendo alguma coisa. Tinha cara de culpado, como a de um menino surpreendido em plena travessura.

Ela percebia perfeitamente que estava agindo como uma apaixonada ciumenta, e parte dela mesma se espantava ao se flagrar agindo daquele jeito. Mas não podia parar. Precisava que Marcelo lhe dissesse toda a verdade, por mais dolorosa que fosse, e ia conseguir a todo custo.

– Você acha que eu sou idiota, Marcelo? Não precisa esconder mais. Posso aguentar. Se bem que sempre achei que você era diferente dos outros. Nunca pensei que ia vê-lo babando atrás de uma garota tão vulgar quanto Brenda. Ela se acha a rainha do mundo, diante de quem todos devemos fazer reverências. É uma pedante insuportável! E enfeitiçou a você também.

Irene tinha feito aquele pequeno discurso quase sem respirar, mas, quando terminou, já estava arrependida do que dissera.

A expressão de Marcelo havia passado da vergonha à raiva.

Ela percebeu que tinha passado dos limites criticando a amiga dele daquele jeito. Falou movida pelo despeito e o desespero, consciente, talvez pela primeira vez, de que os seus sentimentos por Marcelo iam muito além de uma simples amizade.

– Já chega – disse ele muito sério, levantando-se bruscamente da cadeira. – Vá embora daqui, por favor. Não quero continuar conversando com você.

Abriu a porta e lhe entregou o casaco.

– Sinto muito, Marcelo. Não queria dizer essas coisas – desculpou-se Irene, entre lágrimas. – Mas o fato de você ter ficado tão zangado só prova o que estou dizendo: Brenda é mais que uma simples amiga para você.

– Nesse ponto, você tem toda a razão. Brenda é minha irmã.

Dizendo isso, fechou a porta, deixando Irene atordoada e sozinha no corredor gelado.

35. Navegantes do amor

A segunda-feira era o primeiro dia das férias de Natal e Irene acordou depois que o despertador do seu celular já tinha tocado um minuto inteiro. Martha gritou para que ela desligasse aquilo de uma vez, e ela, ainda perdida na névoa do sono, socou o telefone. Saiu da cama com um grunhido.

Estava com um humor do cão, pois não tinha pregado o olho a noite toda.

Se não se apressasse, ia chegar atrasada à última aula do ano com Peter Hugues, que estava viajando para Londres naquela noite para passar as festas com a família. Os dois tinham decidido encerrar o curso de gramática antes do Natal.

Na hora, Irene achou uma boa, já que começaria o ano com a satisfação de um dever cumprido. Naquela manhã, porém, percebeu que estava sentindo saudade antecipada, além da angustiante sensação de que lhe restavam poucas coisas a que se agarrar. Percebeu que ia sentir muita falta das tardes de quarta-feira, no escritório de Peter, bem como das excursões surpresa que ele inventava.

Por sorte, ainda tinha a aula daquele dia, pensou.

Enquanto tomava banho a toda, fez um balanço daquele curso intensivo sobre a arte de amar. Perguntou-se, com amargura, se, além de escrever sete trabalhos, tinha sido capaz de assimilar alguma das lições que Peter e os próprios romances deviam lhe ensinar. Pensando nisso, reviveu a conversa inflamada com Marcelo na véspera e sua surpreendente revelação.

Sentiu um aperto de aflição no estômago.

Estava se achando ridícula por tê-lo crivado de perguntas de menina ciumenta, como se ele tivesse que lhe dar alguma satisfação. E, acima de tudo, lamentava ter falado mal de sua irmã.

O rapaz tinha ficado muito chateado, com razão, e Irene se perguntava se algum dia ele poderia perdoar a besteira que ela fizera. Talvez, depois daquela ceninha patética, ele não quisesse mais voltar a vê-la e todo o interesse que nutria por ela desaparecesse. Se é que alguma vez existiu mesmo.

Lembrou que, quando soube quem era Brenda, a sua primeira reação foi um alívio imenso, parecidíssimo com felicidade. Logo depois, porém, sentiu um impulso irresistível de dar um tapa em Marcelo ou de abraçá-lo, ou quem sabe até as duas coisas ao mesmo tempo.

Acabou não fazendo nada. Enfiou-se na cama para tentar dormir, mas, depois de horas e horas pensando, continuava remoendo aquela história, inteiramente desolada. Tinha consciência de que a felicidade estivera muito perto o tempo todo, mas não percebeu que passava ao seu lado, usando agasalho e tênis.

Olhou para o espelho, tentando suavizar a expressão crispada, excessivamente triste por causa de seus sentimentos com relação a Marcelo. Agora, quando já não havia como voltar atrás, descobriu que não queria perdê-lo.

Enquanto secava o cabelo, pensou, envergonhada, que, apesar de todas as aulas de gramática do amor, ela não passava de mera principiante.

A última aula do curso também ia acontecer num lugar indeterminado. Peter só tinha recomendado que se agasalhasse e usasse galochas. E ainda devia levar uma muda de roupa para o caso de eles se molharem, o que a fazia deduzir que passariam um bom tempo fora. Ele também lhe disse que não precisava levar livros nem papel, já que na véspera Irene tinha lhe mandado o trabalho por e-mail e ele já o teria lido quando se encontrassem.

Mas não podia sair aflita daquele jeito. Ligou para Marcelo, a fim de pedir desculpas, torcendo para que ele já estivesse acordado e com o celular ligado.

– Irene – atendeu uma voz sonolenta do outro lado da linha.

– Bom dia, Marcelo, acordou agora? – perguntou Irene, sem esconder o alívio que sentia por ver que ele ainda falava com ela.

– Na verdade, não dormi muito bem.

– Nem eu. Olhe, quero pedir desculpas. O que eu disse ontem sobre Brenda foi imperdoável. E nem acho isso de verdade. Foi tudo por culpa do meu ciúme idiota.

– Você tem razão de ficar chateada com a gente – disse ele, tristonho. – E eu não tinha nada que botar você para fora do quarto.

– Mas por que não me disse logo que ela era sua irmã e me deixou bancar a boba esse tempo todo? Achei que fôssemos... amigos.

– Brenda pode ser uma pessoa muito persuasiva. Você mesma já pôde comprovar isso. Pouco depois que lhe escrevi, semanas atrás, ela decidiu vir me visitar. É muito protetora, e acho que tem tendência a se meter demais nos meus problemas. Proibiu-me taxativamente de dizer qualquer coisa a você. Sinto muito, sinceramente.

– Então, você me perdoa?

Irene sentiu seu coração ficar leve como um balão subindo ao céu.

– Claro, já está tudo esquecido, não se preocupe. Sou eu que lhe peço desculpas por ter perdido a cabeça.

– Vamos continuar como antes? – insistiu ela, ainda insegura.

A voz de Marcelo soou diferente, mas distante e desanimada que de costume:

– Vamos. Continuaremos treinando como sempre – respondeu ele. – Agora preciso desligar, Irene. Estou um caco e nem sei direito o que estou dizendo.

Irene teve a impressão de que ele continuava falando num tom frio. Acabou desligando, muito chateada, sem saber se Marcelo estava lhe falando de coração ou se aquele perdão era pura formalidade. Prometeu que continuariam treinando sem definir que relação haveria entre os dois dali em diante. Apenas correriam juntos? Irene não sabia o que pensar.

∞

Quando chegou ao pátio, o carro de Peter já estava a sua espera, como um refúgio aconchegante e seguro. O trajeto foi muito curto, e Irene se surpreendeu quando pararam no estacionamento do pequeno porto pesqueiro da aldeia. Era bem perto do Dog & Bone, que, àquela hora da manhã, ainda não estava nem aberto.

O porto estava praticamente deserto, a não ser pela presença de um velho, com roupa de pescador, que os cumprimentou com um aceno de cabeça quando saíram do carro. Ele estava tecendo umas redes, sentado num banquinho que ficava de pé por milagre. Pôs a rede no chão, junto de uns barcos atracados, e foi ao encontro dos dois.

Enquanto Peter falava com o homem, que aparentemente tinha preparado um barco para eles darem um passeio pela costa, Irene ouviu um zumbido e tirou o celular do bolso.

[Lamento que a minha estúpida encenação tenha lhe causado tanto aborrecimento. Por favor, me perdoe. Você é uma garota

extraordinária e, se aceitar ser minha amiga, isso já bastará para a minha viagem ter valido a pena.
PS: Marcelo está muito arrependido pelo que aconteceu ontem à noite. Tive de me esforçar muito para consolá-lo. Gosto muito de você. Bjs, Brenda.]

Irene suspirou, um pouco mais tranquila por saber que Brenda gostava dela e, principalmente, que Marcelo tinha precisado de consolo depois da discussão acalorada da véspera.

Peter lhe lançou um daqueles seus olhares de falcão, como se tivesse percebido que havia alguma coisa errada e estivesse procurando ler a sua mente. Pelo sim, pelo não, Irene decidiu deixar o assunto de lado até eles se despedirem à tarde.

O velho marinheiro os levou até o ancoradouro e ajudou Irene a subir no barco a motor, sempre resmungando.

– Por que ele está tão mal-humorado? – perguntou Irene. – Será que tem uma epidemia de mau humor na Cornualha hoje de manhã?

– Ele disse que vai cair um temporal e tentou me convencer a não sair de barco – respondeu Peter.

Irene se sentou no banquinho e olhou para o céu, que estava de um azul-acinzentado nada comum. Nuvens brancas e crespas como um rebanho de ovelhinhas, mais típicas de um dia de primavera que de uma manhã de dezembro, se moviam devagar, tentando decidir onde ia parar para fazer a sesta. Nada parecia indicar que viesse chuva.

– Com esse céu assim tão claro, não vejo por que ficarmos aqui esperando. Se, afinal, ele tiver razão e começar a chover, sempre podemos voltar para o porto – concluiu Peter, acionando o motor, que começou a funcionar com um estampido, soltando um cheiro forte de gasolina.

O barquinho se chamava *Esculápio*, em homenagem ao deus grego da saúde. Ao que parece, pertencera ao médico da aldeia, que há tempos tinha se mudado para Pendanze, deixando ali aquela embarcação de lazer meio abandonada. Até que um pescador esperto a comprou por uma ninharia.

Irene enfim relaxou, embalada pelo zumbido do motor e pelo agradável balanço do barco, que deslizava pelo mar com toda calma.

Peter estava usando umas botas de borracha e uma capa azul-escura com capuz, que o protegia dos respingos da água. Manejava o timão com habilidade, e logo estavam longe da costa, o bastante para que o triste porto pesqueiro e a própria aldeia ficassem parecendo uma pitoresca imagem de cartão-postal. Desligou então o motor e lançou a âncora, um amontoado de ferros oxidados, que aos olhos de Irene não teriam condição de manter o barco parado.

– Está surpresa? – perguntou ele rompendo o silêncio que os envolvia, a não ser pelo barulho do mar e o grito longínquo de alguma gaivota.

– Se o barco se chamasse *Nova fidelidade*, como o de *O amor nos tempos do cólera*, admito que teria achado muito estranho. Mas estou começando a conhecer você, e imaginei que havia preparado um passeio que tivesse alguma coisa a ver com o nosso último romance – disse Irene, sorrindo pela primeira vez em muitas horas.

– Achei que podíamos encerrar o curso com um passeio de barco como homenagem à última cena do romance. Só que nós estamos navegando em água salgada e logo voltaremos ao porto – brincou Peter.

O amor nos tempos do cólera termina com uma cena mítica em que Florentino Ariza e Fermina Daza, finalmente juntos depois de mais de cinquenta anos, navegam pelo rio, numa travessia sem fim nem destino concreto. O barco em que viajam ostenta a bandeira do cólera, por motivos que nada têm a ver com a doença, e portanto nenhum porto permite que eles atraquem por medo do contágio.

Em seu trabalho, Irene citou aquele final magnífico:

Florentino Ariza o escutou sem pestanejar. Depois olhou pelas janelas o círculo completo do quadrante da rosa náutica, o nítido horizonte, o céu de dezembro sem uma única nuvem, as infinitas águas navegáveis, e disse:

– Sigamos em frente, em frente, em frente, e mais uma vez até a Dourada.

Fermina Daza estremeceu, porque reconheceu aquela antiga voz iluminada pela graça de Espírito Santo, e fitou o comandante: o destino era ele. Mas o comandante não a viu, porque estava aniquilado pelo extraordinário poder de inspiração de Florentino Ariza.

– Está falando sério? – perguntou.

– Desde que nasci – respondeu Florentino Ariza – não disse uma única coisa que não fosse a sério.

O comandante fitou Fermina Daza e viu em seus cílios os primeiros lampejos de um orvalho invernal. Depois voltou-se para Florentino Ariza, seu domínio invencível, seu amor impávido, e se espantou com a suspeita tardia de que a vida, mais que a morte, não tem limites.

– E até quando acha que podemos continuar neste ir e vir do caralho? – perguntou.

Florentino Ariza tinha essa resposta preparada havia cinquenta e três anos, sete meses e onze dias e respectivas noites.

– A vida toda – disse.

Peter se sentou ao seu lado no banquinho estreito, mas nesse exato momento o céu escureceu e os dois ouviram o barulho de um trovão bem próximo.

Erguendo os olhos, Irene notou que aquelas nuvens inocentes que tinham visto meia hora antes haviam se transformado de repente, aumentando assustadoramente de forma e consistência. Assustou-se com o clarão de um relâmpago que caiu perto da praia, seguido de imediato pelo estrondo de um trovão muito mais forte que o anterior.

O velho pescador tinha razão: uma forte tempestade tinha se armado rapidamente na região.

Sem disfarçar o nervosismo, Peter puxou a âncora e conseguiu ligar o motor, depois de três tentativas frustradas, que os deixaram muito angustiados. Agora a chuva tinha apertado, encharcando a ambos e às bolsas que levavam com comida. O vento soprava com força, fazendo o barco jogar como uma casca de noz.

Irene respirou aliviada quando Peter conseguiu enfim aproar o barco rumo ao litoral.

Pouco depois, estavam no coração da tempestade. Foi então que perceberam que iam ter sérios problemas para chegar ao seu destino sãos e salvos.

O vento forte soprava enviesado, empurrando-os perigosamente em direção às pedras de um penhasco, enquanto ondas cada vez mais altas atingiam o barco por todos os lados.

Irene se segurou com força nas bordas do barco para não cair com aquele intenso vaivém.

Peter acelerou para evitar o choque que parecia inevitável, mas o motor do *Esculápio* não estava preparado para tanto esforço. Depois de alguns minutos lutando contra a força do mar, rendeu-se soltando um gemido de agonia.

As ondas continuavam a empurrá-los inexoravelmente, e o barco já estava cheio de água. Peter praguejava, tentando fazer aquele motor inerte pegar novamente; estava apavorado por ver que acabariam colidindo com os rochedos. Irene tentou telefonar, mas descobriu, assustada, que não havia sinal ali. Gritou para ver se Peter teria mais sorte, mas o barulho da tempestade abafava a sua voz, e ele estava tão concentrado no motor que nem a ouvia.

Quando viu que a água já estava acima de seus tornozelos, Irene começou a retirá-la com um balde que encontrou ali. Percebendo que seus esforços eram inúteis, Peter se uniu a ela, na tentativa de diminuir o volume de água no barco à deriva.

Já estavam entrando em desespero. Foi então que um estranho silêncio os envolveu.

Aliviada, Irene notou que as nuvens tinham se dispersado tão de repente como haviam se formado. O vento também tinha amainado.

O *Esculápio* continuava à mercê do mar, mas a força das ondas já não o levava diretamente para as rochas afiadas. Agora a água o movia com suavidade para a frente, para trás, num ritmo brando, que lhes pareceu o paraíso, comparado à violência que acabavam de enfrentar.

Peter se sentou com o rosto transtornado.

– Achei que não íamos conseguir – admitiu ele, com voz trêmula.

– Eu também. Nunca tive uma experiência de naufrágio.

Irene, que apesar da situação extrema tinha sido capaz de manter a calma, lhe pediu o celular para ver se tinha sinal. O professor, que nem havia pensado em pedir auxílio, reagiu enfim e chamou a guarda costeira.

Disseram-lhes que viriam rebocá-los até a praia assim que conseguissem fretar uma lancha.

Já que não podiam fazer mais nada, sentaram-se para esperar que o socorro chegasse. Irene lembrou que tinha trazido uma garrafa térmica com chá quente. Serviu dois copos da bebida, o que os reanimou.

Com um pouco mais de cor no rosto, Peter perguntou:

– Irene, se a experiência extrema que acabamos de viver fosse uma alegoria do amor, na sua opinião, qual seria a mensagem transmitida?

– Não sei – respondeu ela, hesitando; a última coisa que esperava era que, depois daquele susto, Peter retomasse as aulas de gramática. – Que estar apaixonado significa remar contra a corrente?

– Muito pelo contrário – replicou ele, depois de se recompor. – Segundo o taoísmo, os estados mais elevados da alma são alcançados quando conseguimos fluir com o mundo e nossos sentimentos fazem parte dessa corrente.

Por alguns minutos, a moça procurou outra resposta possível. Então disse:

– Quando o amor chega é como a tempestade que quase nos matou ainda agora. É furioso, irrefreável, avassalador.

– Mas lembre-se do que aprendemos com *Anna Kariênina* sobre os amores tranquilos – atalhou Peter.

Irene ficava nervosa quando lhe faziam perguntas diretas. Seu temperamento reflexivo precisava da solidão e da familiaridade de uma página em branco para tirar conclusões sobre qualquer coisa. Sabia, porém, que Peter tinha tendência a fazê-la avançar por meio de perguntas. Por isso decidiu tentar pela terceira vez:

– O amor é como navegar por um mar tempestuoso. É preciso estar muito atento para não se chocar contra os rochedos ou os obstáculos que surjam pelo caminho.

– Então você acha que um verdadeiro amor tem que ser necessariamente difícil, um amor contrariado como o do romance de García Márquez? Quando você está navegando no meio de uma tempestade, como aconteceu conosco ainda agora, por que luta contra ela? – insistiu ele.

— Para salvar a vida, claro.
— Mas você quer salvar a sua vida para fazer o quê?
— Para chegar ao porto?

Irene estava ficando aflita, pois não conseguia ver aonde aquela conversa tão estranha poderia chegar.

— É como você disse! Estar apaixonado é se expor a um naufrágio constante — disse ele, pondo-se de pé e lançando um olhar melancólico para o horizonte. — Naufragamos com cada fracasso. A questão é sobreviver às tempestades para algum dia podermos chegar ao porto onde alguém estará esperando só por nós.

Irene não teve tempo de dizer mais nada porque o barulho da possante lancha da guarda costeira veio interromper aquela conversa. Mas continuou pensando por um bom tempo sobre aquilo que Peter acabava de dizer.

Da lancha, lançaram-lhes vários cabos, que eles amarraram em diversos pontos do barco para que pudessem ser rebocados lentamente até a praia.

Irene tremia, morta de frio, já que a chuva e as ondas haviam encharcado suas roupas e suas botas e também a muda que tinha levado para se trocar. Peter passou o braço pelos seus ombros, e ela se encolheu junto ao seu peito, agradecida.

Assim, abraçados, chegaram ao porto, e foi então que Irene sentiu que havia compreendido algo transcendental. Quase sem perceber que pensava em voz alta, disse, como se acabasse de vivenciar uma epifania:

— O importante para um navegante do amor é saber em que porto quer desembarcar.

O professor a puxou mais para perto de si, num gesto afetuoso, enquanto a ajudava a sair do barco. Irene suspirou, feliz por voltar a pisar em terra firme.

Epílogo

36. A January Race

As férias de Natal passaram num piscar de olhos. Depois de tantos naufrágios sentimentais, aquela pausa festiva foi, para Irene, um oásis de agradável normalidade.

Divertiu-se como uma menina com os piqueniques ao ar livre, que organizava com Martha sempre que surgia um raiozinho de sol, com as tardes no cineclube, os jantares tranquilos e os passeios pelas redondezas com Brenda e Marcelo.

Os dois irmãos, sua colega de quarto e Josh foram uma perfeita família para ela durante aqueles dias. Os poucos momentos em que sentia saudade dos pais se diluíam rapidamente na plácida companhia dos amigos. Aqueles dias serviram para todos se conhecerem melhor, acalmar alguns corações aflitos e esquecer velhas rixas.

Depois de tudo que tinha vivido nos últimos três meses, Irene percebia que estava passando por um momento de reflexão. Sentia que precisava processar um monte de coisas, desde a última aula de gramática com Peter até uma infinidade de angústias acumuladas durante semanas. De certa forma, sentia-se paralisada, como se uma força poderosa a impedisse de se afastar um centímetro que fosse de onde estava.

Os treinos dobrados, que andou fazendo com Marcelo e às vezes também com Brenda, a ajudavam a pôr em ordem os sentimentos.

Era nisso tudo que estava pensando quando entrou no ônibus que ia levá-la, com mais umas cinquenta alunas, ao local da corrida. A prova era realizada nas ruas de Truro, na manhã do primeiro domingo do ano. O colégio ainda não tinha retomado a rotina, mas os alunos já haviam voltado das férias e esperavam pela corrida como o primeiro grande acontecimento do ano.

O Saint Roberts preparava a competição com todo cuidado. As autoridades da cidade, por sua vez, enfeitavam as ruas de Truro com bandeirinhas coloridas e cartazes. Por algumas horas, a circulação de veículos era proibida para dar passagem aos corredores, que eram saudados pelas famílias do lugar, trajadas com suas melhores roupas.

Primeiro corriam as meninas, depois os rapazes.

O ônibus chegou a seu destino depois do que lhe pareceu uma viagem interminável. Algumas garotas conversavam e riam animadamente, empolgadas com a perspectiva da competição e da viagem.

Irene tratou de se isolar, pondo os fones de ouvido, embora não estivesse prestando muita atenção à música. Quando desembarcaram e receberam o número para pregar nas costas e os chips para os tênis, a moça percebeu que tinha as pernas trêmulas. Para se acalmar, começou a fazer os exercícios de relaxamento que Marcelo havia indicado. Ficou respirando, como ele lhe ensinara, e verificou que os seus batimentos cardíacos tinham diminuído um pouco.

Na largada, havia um palanque com uma bandinha que tocava uma música supostamente alegre, mas que lhe soou como uma imensa confusão de trombetas e uma percussão alucinada.

Os árbitros usavam roupas pretas, e um dos patrocinadores tinha instalado um cronômetro enorme bem acima da cabeça dos atletas.

A prova tinha um percurso de dez quilômetros, com a largada e a chegada no mesmo ponto, passando por praças e avenidas arborizadas.

De esguelha, Irene viu uma mesa onde havia três taças de metal de tamanhos diferentes, uma dourada e duas prateadas, além de um recipiente cheio de medalhas brilhantes. Supôs que fossem os troféus para as vencedoras e sentiu um calafrio de ansiedade.

Tratou de se concentrar, encerrando-se numa bolha de fria calma, onde só tivesse consciência da própria respiração e da sua velocidade média por quilômetro. Mas era difícil conseguir isso naquele ambiente festivo.

Como se não bastasse toda aquela confusão, outros ônibus chegaram, e Irene começou a reconhecer os rostos dos seus amigos, que corriam até a linha da largada para cumprimentá-la e desejar-lhe sorte. A distância, avistou Heather e Martha, seguidas por Josh, que avançavam no meio da multidão, dando uns empurrões aqui e ali. Perguntou-se se Marcelo já teria chegado com os outros corredores e como se sairia na competição.

Nos últimos dias, vinham se comportando como simples amigos. Ela não se atrevia a falar do que tinha acontecido, e ele a tratava com gentileza cautelosa. Como estavam quase sempre rodeados de outras pessoas, não tiveram oportunidade de conversar, mas Irene estava até agradecida por aquela trégua.

Na noite anterior, haviam treinado juntos pela última vez, e ele lhe desejou sorte com um aperto de mão. Ela esteve a ponto de fazer uma de suas brincadeiras e responder àquele cumprimento com dois beijos, à moda espanhola, mas a sensação de que tinha que pisar em ovos a deteve. Despediram-se como um treinador e sua discípula, mas, quando olhou para trás, Irene teve a impressão de ver uma sombra de decepção nos olhos de Marcelo.

O professor de educação física fez uma preleção a todas as atletas durante alguns segundos para lembrar que precisavam respeitar a ordem de largada. Ninguém levaria vantagem sobre ninguém, já que o cronômetro se guiaria pelos chips instalados nos tênis. Desejou-lhe sorte, e Irene foi para o seu lugar, bem perto da primeira fila.

À sua frente havia uma menina desconhecida que parecia um verdadeiro armário. Era tão alta e larga que, se não fossem as formas femininas do seu peito, Irene poderia jurar que se tratava de um homem.

– Quem é essa? – perguntou a Bertha, uma garota da sua turma que correria ao seu lado.

– É Lucie. Formou-se no ano passado, e está correndo como ex-aluna. Antes, isso não era permitido, mas este ano mudaram o regulamento. Dizem que ela é quase profissional, porque treina no Centro de Alto Rendimento de Cardiff.

Irene achou que era injusto que uma garota que já não era aluna do colégio e ainda por cima já largava com vantagem pudesse participar da corrida, mas não teve tempo de dizer mais nada.

O cronômetro iniciou a contagem regressiva e a bandinha recomeçou a tocar outra daquelas suas músicas barulhentas. O árbitro deu a saída, e cinquenta pares de pés se puseram em movimento, dispostos a dar o melhor de si naquela manhã.

Tiveram sorte com o tempo, porque, embora estivesse muito frio, mais do que durante todo o restante do inverno, o chão estava relativamente seco, e não havia nem vestígio de névoa. A meteorologia havia anunciado a perspectiva de neve em altitudes mais baixas, mas ninguém acreditava em tal prognóstico, porque naquela região da Inglaterra a neve era uma verdadeira raridade.

Irene corria controlando muito bem o seu tempo. Com o auxílio de seu cronômetro, ia ajustando a velocidade ao objetivo que tinha estabelecido para os três primeiros quilômetros. Não queria se cansar e chegar à metade da corrida sem forças para o *sprint* final.

Os organizadores tinham instalado vários pontos de abastecimento ao longo do percurso. Sempre correndo, Irene bebeu uma garrafa de água mineral, que lhe caiu maravilhosamente bem, e jogou o frasco numa lixeira que havia ali perto.

Uma menininha que estava ao lado dos pais aplaudiu quando a viu passar e a incentivou gritando. Irene não pôde conter um sorriso e cumprimentou a criança com um aceno. A garotinha aplaudiu ainda mais, com tanto entusiasmo que as suas marias-chiquinhas louras chegaram a sacudir.

Começava a mergulhar naquele ambiente festivo e agora entendia por que tantos corredores adoravam as competições de rua.

Quando chegou ao quilômetro seis, deduziu que devia estar entre as dez primeiras colocadas porque, de repente, tinha muito espaço à sua volta para se mover. Acelerou um pouco para se adequar ao ritmo que havia estabelecido para esse trecho. Em pouco tempo estava atrás da garota grandona que começou a corrida na sua frente.

A distância entre elas era de uns quinze metros, e Irene ficou observando as possantes passadas da outra e os movimentos perfeitos de seus braços, colados ao corpo. Não ia ser fácil ultrapassar aquele monte de músculos e testosterona.

Nem percebeu que já tinham chegado aos dois quilômetros finais.

A multidão tinha se aglomerado mais uma vez atrás das grades, gritando e incentivando os corredores, com cantos e palmas. Contagiada por esse entusiasmo, Irene correu ainda mais depressa. Sentia o coração trabalhando com força, mas ainda tinha alguma reserva para apertar o passo nos metros finais.

Ficou imaginando que quem corria à sua frente era o seu querido coelho, Marcelo, e não aquela garota enorme. Pensando que era ele que tinha que alcançar, e não uma desconhecida, a pressão seria menor, e ela poderia concentrar melhor os seus esforços.

Correu, correu, esquecida de tudo que a cercava, otimizando a respiração e aproveitando cada centímetro cúbico de oxigênio.

Ao dobrar uma esquina, ficou espantada ao deparar com Peter, que a estimulava, gesticulando animadamente:

– Ande, Irene, você pode ganhar! Só precisa ultrapassar essa garota! – gritou ele, com um orgulho mal dissimulado no olhar.

Irene aumentou o ritmo da corrida o quanto pôde. Esvaziou a mente até mergulhar naquela sensação já conhecida de desdobramento: os pés moviam-se sozinhos, enquanto sua mente voava, livre de qualquer pensamento, por cima da cabeça dos espectadores. Sua adversária estava apenas três metros à sua frente, e Irene já podia ouvir sua respiração forçada e até mesmo sentir o seu suor.

Mas a gigantona, percebendo a sua presença, decidiu dar tudo de si nos últimos metros. Finalmente cruzaram a linha de chegada, uma atrás da outra, separadas apenas por uma cabeça de distância.

Irene experimentou uma terrível sensação de injustiça. Via-se relegada ao segundo lugar por culpa de uma mudança imprevista nas normas da competição.

A banda de música enlouqueceu quando ela passou debaixo dos enormes cronômetros, que marcavam trinta e seis minutos e quinze segundos. Tinha conseguido o seu melhor tempo desde que havia começado a treinar, mas, apesar de seus esforços, não tinha adiantado nada.

Martha e Heather esperavam por ela com toalhas limpas, frutas secas e mais água. Logo começaram a reclamar de Lucie, a "ladra de corridas", como a chamavam.

– Ela é um verdadeiro homem! Tinha que participar da corrida masculina.

– Ela não podia ter corrido! Disseram que está se preparando para participar de competições nacionais...

Irene escutava aquilo como se as amigas estivessem falando numa outra dimensão. Ainda estava mergulhada na atmosfera da corrida e tinha dificuldades em aterrissar na realidade. Procurou outros rostos conhecidos ao redor e voltou a ver Peter, apoiado numa grade, conversando com uma das professoras auxiliares. Percebendo que Irene o fitava, ele lhe fez uma profunda reverência.

De longe, Irene leu em seus lábios umas palavras que lhe fizeram dar um sorriso triste:

– Você é a melhor. Nunca duvide disso.

37. Amor branco

Irene se lembraria para sempre daquele dia de dezembro por muitos motivos. Assim que a corrida acabou, o público que tinha ido assistir à competição foi à loucura.

Ninguém se importou muito por ela ter ficado em segundo lugar. Na verdade, comemoraram sua vitória como se ela tivesse sido a vencedora absoluta. Para todos os alunos era óbvio que Lucie não podia ter participado, e até o professor de educação física discretamente deu os parabéns a Irene, lamentando aquela injustiça.

O público, empolgado, em parte graças às garrafas térmicas de café irlandês que tinham circulado em profusão, começou a cantar umas musiquinhas contra a vencedora. Foi preciso interromper momentaneamente a entrega dos troféus. Então, o comitê desportivo do colégio se reuniu de forma extraordinária com as participantes. Por fim, a confusão foi tão grande que Irene não conseguiu ver a competição masculina.

Mais tarde, já de volta ao ônibus, soube por outra garota que Marcelo ganhara e teve que segurar um grito de felicidade.

Ao chegar a seu quarto, exausta, Irene só conseguiu tomar uma rápida chuveirada e pôr a taça de prata numa prateleira.

Pensou em tirar uma foto para enviar a seus pais pelo celular, mas, quando ia fazer isso, Heather e Martha chegaram, dispostas a levá-la ao *pub*, onde dariam uma festa em homenagem aos ganhadores.

– Mas eu não ganhei! – protestou Irene, enquanto suas amigas a arrastavam até um dos carros dos professores, que esperavam no pátio para levar todos ao Dog & Bone.

– Você é a campeã moral. E, mesmo que não tenha ficado em primeiro lugar, a festa é para todos os participantes da corrida – explicou Martha, com uma paciência bem pouco habitual.

Irene se consolou pensando que, se não teria tempo de descansar, ao menos veria Marcelo, e poderiam comemorar juntos, no *pub*, a vitória do seu amigo. Depois da corrida, tinha a impressão de que podia zerar sua vida, sensação tão forte talvez porque o ano estava apenas começando.

Nos dois últimos dias, Marcelo andava se esquivando dela, o que a deixava nervosa. Talvez esse comportamento estranho tivesse a ver com a partida de sua irmã, que tinha se despedido na véspera para retomar seu curso na Austrália. Brenda era uma pessoa agradável, e Irene sabia que ele devia estar com muita saudade, já que se viam bem pouco. Brenda tinha se adaptado de tal forma à vida no outro continente – Irene inclusive teve um pouco de dificuldade em entender seu sotaque, deformado pelos anos passados longe da Inglaterra – que muitas vezes os irmãos ficavam um bom tempo sem se reencontrarem.

Sem dúvida, isso o entristecia.

∞

Chegaram ao *pub* em meio a risos e gritos vindos dos carros que formavam uma grande caravana. Irene passou mais uma vez pelas portas daquele lugar tão familiar, onde tinha vivido tantas experiências naquele trimestre, desta vez acompanhada por Martha e Heather.

Foi recebida ali com uma salva de palmas, muitos assobios e umas músicas parecidas com aquelas que os torcedores de futebol cantam nos estádios:

Pequena como um passarinho, frágil como uma coelhinha branca: a estrangeira não é aleijada nem é manca. Corre como o vento. O que é isso que vem lá? É um pássaro? Um avião? Não, são seus pés em movimento!

A criatividade do pessoal com aquela musiquinha fez Irene gargalhar. O local fervia de gente e animação, e ela sentiu que tinha enrubescido, sem saber se devido ao contraste de temperatura, já que lá fora estava congelando, ou se pela vergonha de se saber o centro das atenções. Suas amigas tinham se esforçado para que a festa parecesse ser exclusivamente em sua homenagem.

Ninguém pensou em incluir Lucie naquelas comemorações; aliás, ela nem sequer apareceu no *pub*.

Acima do balcão, penduraram uma faixa de tecido onde tinham escrito com letras de imprensa: *Bem-vinda ao lar, forasteira!*

Na última hora, porém, alguém riscou aquele apelido, substituindo-o por outra palavra, para dar a entender que finalmente ela era mais um membro da pequena comunidade do Saint Roberts:

Bem-vinda ao lar, CAMPEÃ!

Ao lado daquele cartaz, alguns membros da equipe masculina de atletismo estavam pendurando outro, um pouco menor, dedicado a Marcelo.

Ansiosa, Irene o procurou com os olhos por todo o bar, mas não havia vestígio dele. A porta se abriu, e Peter entrou. Ela o cumprimentou com um aceno e lhe fez um gesto significando que logo iria ao seu encontro.

– Vocês viram Marcelo? – perguntou a Heather e Martha, que tinham se sentado numa das melhores mesas e estavam pedindo bebida para as três.

– Não. Depois de ganhar a corrida, ele desapareceu como se a terra o tivesse engolido. Acho que nem voltou no mesmo ônibus que os outros – respondeu Heather.

No meio daquela algazarra, cercada por seus amigos e por tanta gente que a solicitava, Irene se deu conta de algo muito importante: a festa não era perfeita porque faltava Marcelo.

Não era só porque ele tinha sido o seu treinador durante aquelas semanas e, de certa forma, Irene sentia que lhe devia grande parte de seu relativo triunfo. Havia outra coisa. Irene precisava dividir sua alegria com ele, vê-lo aparecer mais uma vez com seu andar desajeitado e o cabelo sempre bem penteado, e ter certeza de que ele também precisava dela.

Sabia que tinha muitos motivos para estar feliz naquela tarde, mas se sentia sozinha no meio de toda aquela gente. Até a música alegre que o sr. Ward não parava de lhe dedicar parecia sem sentido.

Fez o possível para disfarçar e fingir que estava adorando tudo, mas por dentro morria de vontade de voltar para o seu quarto e ter um minuto de paz.

Peter se sentou à mesa, entre ela e Martha, e Heather passou a noite toda tentando flertar com ele, que já não sabia como lidar com as indiretas cada vez mais diretas de sua aluna. Irene os ouvia falar e rir, mas não conseguia prestar atenção a nenhuma palavra do que diziam. Quando o professor se levantou e disse que estava indo embora, ela percebeu que era a sua chance e perguntou se podia ir com ele.

Heather a fulminou com os olhos, mas Irene nem notou.

Peter estava animadíssimo e não parou de falar durante todo o trajeto de volta:

— Você está muito séria, Irene — comentou ele, ao ver que ela continuava calada. — É porque ficou em segundo lugar?

— Não. Já aconteceu alguma vez de você sentir de repente que tudo se encaixa e que enfim entende exatamente do que precisa, mas aí percebe que talvez já seja tarde demais, que você demorou muito a chegar ao fim do caminho? — refletiu ela, de forma meio atabalhoada.

— Na verdade, não sei ao certo. Mas, seja como for, nunca é tarde *demais* — respondeu ele, com um sorriso enigmático, desligando o motor do carro. — Às vezes, o fim do caminho é apenas o começo de outro. Nunca se sabe!

Irene abriu a porta e, um tanto confusa, se despediu de Peter, que a fitava com ar divertido por trás do vidro da janela.

Dirigiu-se então para a porta principal, mas sentiu alguma coisa que a deixou arrepiada e a fez parar.

Olhou ao seu redor para ver o que seria.

Estava fazendo muito frio. O céu estava escuro, tão nublado que não se via nem uma estrela, e um silêncio denso envolvia as árvores e os canteiros da praça. Aproximando-se do tanque, viu que uma das carpas nadava em círculos rápidos lá no fundo, como se quisesse gerar calor. Achou que era um milagre o bicho ainda estar vivo, já que uma fina camada de gelo começava a cobrir as bordas do laguinho.

Voltou, então, a sentir aquela sensação. Ergueu o rosto para o céu e sentiu uma carícia delicada e gélida, que desceu pelo seu rosto como uma lágrima.

Era neve!

Abriu os braços e começou a dar pulos de alegria em volta da praça. Não sabia por que tinha ficado tão contente apenas por estar nevando, mas não conseguia resistir ao impulso de comemorar aquele acontecimento com uma alegria infantil.

De repente, teve uma vontade louca de bater à porta de todos os quartos para que as pessoas fossem contemplar aquela maravilha branca, mas lembrou que o colégio inteiro estava na festa, a sua festa, e que àquela hora Heather, Martha e todos os outros deviam estar tomando *real ale* lá no Dog & Bone.

Os flocos caíam calma e lentamente, e Irene compreendeu que ia se formar um manto branco. Nunca tinha visto nevar sobre o mar, por isso decidiu fazer uma pequena excursão noturna. Tomou o caminho que ligava o centro de atletismo ao penhasco. Todas as luzes da pista estavam acesas, e Irene estranhou que ainda houvesse alguém ali. Teve um pressentimento e resolveu ir até lá, em vez de se dirigir ao bosquezinho.

E, então, o viu.

Marcelo corria, dando voltas na pista a toda, como se estivesse possuído por algum estranho mal.

De longe, Irene o chamou, mas ele não pareceu ouvi-la. Ela então correu para alcançá-lo. Foi dificílimo manter um ritmo acelerado, cansada como estava, da corrida da manhã.

Ele a fitou por meio segundo, mas continuou correndo como se nada tivesse acontecido. A neve começava a cair com força, mas Marcelo não se alterava.

– Que está fazendo, correndo sozinho a essa hora? – perguntou Irene, quase sem fôlego.

– Estou treinando, como sempre – respondeu ele, muito sério.

– Mas você já ganhou a corrida! Não acha que podia descansar até amanhã?

— Prefiro continuar correndo — teimou ele, aborrecido.

Irene lembrou-se de si mesma, meses atrás, quando Marcelo a surpreendeu se matando de correr naquela mesma pista para esquecer a decepção que teve com Liam.

— E por que não foi à festa? Todo mundo estava esperando por você.

— Não tinha muito que festejar e não queria estragar a sua comemoração.

— Mas não está feliz por ter vencido? — insistiu ela, meio confusa.

Tinha a sensação de estar tentando tirar uma rolha muito apertada de uma garrafa.

— Irene, não dá para aguentar você correndo ao meu lado — disse ele, apertando o passo.

— O que não dá para aguentar?

— Essa farsa. O papel de amigo e confidente não é para mim. Não mais. Essa história tem que acabar de uma vez por todas.

— O que você está querendo dizer? — perguntou ela, assustada e sem fôlego, com as lágrimas já lhe escorrendo dos olhos.

— Para mim é uma tortura estar ao seu lado. Pronto, agora você já sabe. Não aguento mais.

— Mas... por quê? — perguntou, ofegante, parando bruscamente no meio da pista.

Não conseguia acompanhar a velocidade dele.

— Porque estou perdidamente apaixonado por você.

As últimas palavras se perderam na distância, pois Marcelo continuou correndo para completar o circuito sob a neve.

Atônita, Irene o seguiu com os olhos, com a roupa já ficando encharcada e os pés reclamando do frio intenso.

Poucos minutos depois, ainda naquele estado de estupor, voltou a ouvir os passos de Marcelo se aproximando na pista.

Mal conseguia vê-lo porque a luz de um dos holofotes batia nos seus olhos, deixando-a ofuscada.

Decidiu sair da frente para que ele não tropeçasse, mas Marcelo previu mal sua trajetória e os dois acabaram se esbarrando.

Ela escorregou na neve meio derretida, e os dois caíram no chão. Com um gesto hábil, o rapaz a virou no último momento para não machucá-la. Irene se deixou cair sobre o corpo dele, que a protegeu, como um colchão bem firme.

– Por que você fez isso? – perguntou ele, ofegante.

Irene olhou bem dentro dos seus olhos, com intensidade, impregnando-se do cheiro salobro daquela pele.

– Porque esta é a linha de chegada – disse, aproximando-se do seu rosto e dando-lhe um beijo caloroso.

A neve continuava caindo sobre os dois, cobrindo as suas carícias com delicados flocos brancos.

Nos braços de Marcelo, Irene disse consigo mesma que, se o amor era um inferno, como alguém teria afirmado, queria ficar ali para sempre.

Agradecimentos

A Francesc Miralles, por acender a chama e servir de guia espiritual e arquiteto do amor.

A minha pequena família, que me faz querer ser muito melhor do que sou.

A Anna, Laura, Àngels, Lola e María José. Sem os seus risos e as histórias que contamos umas às outras, o mundo seria um lugar bem tristonho.

A Alba. Porque talvez algum dia aconteça.

A Estel, por ser a primeira a conjugar a Gramática.

Este livro foi impresso na Gráfica JPA Ltda.
Rio de Janeiro – RJ.